大魚讀品
BIG FISH BOOKS

让日常阅读成为砍向我们内心冰封大海的斧头。

Dear Mr.You

[美] 玛丽-露易丝·帕克 著　　陆茉妍 译

亲爱的你

Mary-Louise
Parker

四川文艺出版社

目 录

亲爱的先生

这就是你，充满着男子气概的你，散发着雄性的好闻气息。你慢慢醒来，晨光给你凌乱竖直的头发镀上一层毛茸茸的金边。你的脸上还残留着梦醒后的失落，这让你看上去既像七岁的男孩，又像七十五岁的老人。

这封信致你，因为你还能注意到一个因为上了年纪而变得矮矮胖胖的老女人，然后挑逗地冲她吹一声口哨；这封信致你，因为你能甄选出好用的地毯，能修好我的纱窗，也能纠正我的态度，还能打开很多瓶瓶罐罐。

这封信致你，致一位会打冰球、会修建一个精美的橱柜还会做一个美味的汉堡的你；这封信致你，致一位会给卖好时巧克力[①]的孩子们二十元的你，致一位穿着法兰绒

① 北美地区最大的巧克力及巧克力类糖果制造商。

衬衣站在行李认领处等了我三个钟头的你。

你啊，你制定了我的人生准则，让我的脉搏有了跳动的意义，毫无怨言地接受我的胡言乱语。

这封信致你，致一位正在成长的男孩，致一位彬彬绅士，致一位英勇士兵，致一位学识渊博的教授，或者致一位活在万年之前的山居野人；这封信致你，致一位因为我的坚持而让步的你。

谢谢你倚在汽车的引擎盖上，与我一起仰头看着群星坠落；谢谢你陪我在电梯、在隔音室或者在某条小巷里共度一段短暂时光；谢谢你送给我的万花筒、祝我早日康复的龙舌兰酒、油画，还有关于生活的真相；谢谢你送给我的褐色钻石和暹罗猫咪。

这封信致你，致一位载着我穿过停车场、背着我爬上楼梯来到急诊室的你，致一位总会在我困惑和痛苦时立即出现的你，致一位像卫星一样围绕我运行的你——我的身旁就是你的轨道，只要你在我的左右，我就会安定下来；这封信致你，致一位恐怕永远都弄不清事情真相的你，致一位失去了远方、爱犬和人生道路的你；这封信致你，致一位我总是在试图理解着的你，你如此狂暴，而我又如此需要你，你承载着我、安慰着我同时又在毁灭着我。

我仍旧拥有你曾经说过的那些话，我珍藏着它们，与我的回忆一起。尽管，我很讨厌“回忆”这个词，它那过于甜腻的发音，它那过于留恋的含义，仿佛有一座坟茔藏匿其间，这些都让我不喜。然而，那些话却真实地存在于回忆里，如今，我也会重新将它们诉说。有时我可能是错的，对于那些无关紧要的人，我很乐意将他们永远驱逐流放，但无论如何，我都要谢谢你，这封信——

致你，刻尔柏洛斯，你是一只拥有很多面孔的可爱野兽；

致你，鲍勃神父；

致麋鹿舞者，因为你看见我在那儿；

致画家，致诗人；

致美国宇航局，致出租车司机，因为我说的话，我很抱歉；

致可爱的布鲁，善良的亚伯；

致全体消防员，尤其是那一位；

致叔叔，致报童，致山羊；

致小猫头鹰，看到你第一次翱翔，我是多么荣幸；

致拉菲克·杨倌，致我的导师，我的医生；

致那些我未曾谋面的人，也致那些我希望不曾遇见的人。

更多的，是致你的，爸爸。你存在于我的灵魂中，你也远远地注视我。你是诗歌，也是善行，还是我四处藏匿的糖果罐。你让我坚强不屈，每当我在道路上遇到任何艰难困苦，你都能教会我如何走下去。谢谢你，你让我知道有一种真实的天堂存在着，你与其他人一起构建了我。这封信——

致你。

亲爱的祖父

世界再次陷入战争了，在你的生命中，这是第二次。

你唯一的儿子在海外已经有十一个月了。你最后得知的消息，是他和他的战友们即将登陆菲律宾的滩头阵地。你打赌，如果你的儿子能够奔赴前线，战事肯定会势如破竹地进行下去。他只有十九岁，热爱生活。

如果你的目光能穿越高山大海追随着他，你会看到一位裹着军队雨披睡在稻田角落里的青年。横跨在路上的大炮正在开火，但炮声被雨声所掩盖。大雨落在厚厚的黑色雨披上。你的儿子在这场大雨中入眠太久了，也许当他醒来，他会发现自己正仰面漂浮在水面上。

还有两个半星期，他就要二十岁了。为了这场生日，你酝酿着一个计划。

你穿过两座小镇，去了一家你唯一知道的面包店。你说你想要店里最大的黑麦面包时，那个站在柜台后的女人用围裙擦了擦眼睛。她对你儿子的遭遇太震惊了，因而没有收你的面包钱，还附赠了一些肉桂面包。你非常感谢她，并且告诉她你非常欣赏她衬衣和眼睛的搭配。

本来在开车回去的路上，你有一瓶杜松子酒可以用来打发无聊的时光，但你喝光了；不仅如此，连燃料也都消耗殆尽，你只好把车停在路边。你搭了一位不错的家伙的便车，他是个跟你很像的矿工，你一股脑儿地把你那个关于儿子生日的计划告诉了他，你对陌生人一向毫无芥蒂。不过话说回来，那真的是一个相当不错的计划。

四十三年后，你的孙女将会在靠近旧金山的一条路边拦便车。她将和两个年轻的男孩站在出口匝道旁，他们俩叫她撩起裙子，尽量扮得可爱俏丽一些。他们在纸板上写了句话："去马林[①]，拜托啦，我们刚读了萨特[②]。"好抓住那些好心人的眼球然后把车停下来载他们一程。很快，

① 县名，位于加利福尼亚。

② 让-保罗·萨特，法国20世纪最重要的哲学家之一。

一个司机只看到了那个拿着标语的女孩，他刚一停车，两个男孩就立刻从灌木丛中跑了出来。司机还没来得及抗议，他们俩就把自己塞进小车厢里，并对司机的大方慷慨盛赞一番。

大概一个小时后，你的孙女将会和其中一个男孩走进一家咖啡馆。他们俩腹内空空，但身上的钱加起来还不到两块。不过，他们还是坐了下来。男孩扫视众人，看看能不能跟谁打扑克赢点钱，女孩独自坐在角落的桌旁。她将会慢慢吃着早餐，咬一口蘸着草莓果酱的羊角面包，再读一段手中的书。男孩赢了点钱，他给了她一个眼神，意思是说他会支付他们的食物，而她就只多点了一杯热巧克力。一个男人将会注意到她，接着他会坐在她的对面，但她只是目光茫然地看着男人，又指了指男孩。男孩看着男人走过来，他眯起眼，做了一个叫男人滚开的手势。男人灰溜溜地离开后，她又重新沉浸在那本书中。那本书，恰好就是萨特的《理性时代》。他们刚驶过了金门大桥，天开始下起了雨。和从未谋面的你一样，你的孙女一样热爱着雨。当她刚来到这个世界，正逢你离开这个人间。你的妻子又嫁给了你的兄弟，你的孙女从未想到，事实上所谓的“祖母与祖父”，应该是“祖母与乔治爷爷”。当她渐渐长大，她多么渴望见你一面，因为，你就是那个在家族中流传着的被反复述说的故事中的主人公啊。

然而，庆幸的是，你对此都还一无所知。当你回到家，径直走向厨房，从面包盒里抓了一把饼干，就着肝泥香肠吃了一些，随后才开始实施计划。你把长条面包放在橱柜上，看了它好久。你笑了，眼前的面包，还有自己要的小聪明，这些都打湿了你的眼眶。

你把面包从中间切成两半，然后把它掏空。你把挖出来的面包用手搓成团，然后储存在冰箱里，好让你的妻子无意间发现。没有牛肉的时候，这些面团可以裹在烘肉卷里凑合着吃。你总是这样能为他人着想。

你从袋子里拿出一瓶肯塔基[①]威士忌，瓶身的标签都已经模糊不清了，你试着去读一读，却差点从凳子上摔下来。置放在冰箱里的酒瓶中的甘醇，恍若流泻的月光——吮吸一口月光，这是个不错的想法。你站在冰箱旁，把手扶在门上摇动，好让冷气都溢出来。

你找了好久，却连一根蜡烛都没有找到。你只好叫醒了妻子。刚睡醒的妻子很不满，她朝你咒骂，而当你解释

---

① 肯塔基州，美国威士忌的故乡。

说这是为了儿子的生日后，她这才穿着她的居家服到邻居家要了一根。你忐忑不安，等看见妻子转头穿过车道，手里拿着一根废蜡烛，你对她简直欣赏不已。没有可以用来练手的东西了，你必须一次成功。

你烤融了废蜡烛，用蜡将瓶口包裹严实，这样就能将威士忌密封起来保护好。你将这个酒瓶放进被掏空的面包里，然后又一次感叹自己那天才般心灵手巧的能力。你用剩下的霜糖在面包上拼出了“生日快乐，约翰！”几个字，再抹上伍斯特沙司酱[①]，显得色彩斑斓。那个感叹号看上去像只蝌蚪，不过，也增添了几分神秘感。你将它包好，轻笑起来。

当你儿子看到写着他名字的包裹时，他立即把它撕开，家乡的气息扑面而来。当包裹花了几周取道新几内亚来到他手上时，他已经挖了好几个避弹坑，在坑内等待黑夜结束。那个叫着他名字让他来拿包裹的声音，就足够称得上一份礼物了。

他拆开报纸，看到了你做的面包，只可惜，上面都是一些七零八落的霉斑，糖衣也被擦得所剩无几。但

---

① 又称英国黑醋，是一种起源于英国的调味料，味道酸甜微辣。

他知道这是你做的，所以在表面之下，一定是另一份惊喜。他解开缠绕着面包的麻绳，再掰开面包向里看，不禁放声大笑，振臂高呼。其他的士兵纷纷拍着他的后背，祝他生日快乐，但是眼睛却一直注视着宛若女人脖颈般曲线优美的酒瓶，仿佛想要用他们那满是泥淖、几近冻僵的双手抓住。

约翰向着远方的你说了一声干杯，然后把酒瓶传给了每一个人，他们高呼着："嘿！嘿！万岁！"对于这群在泥泞中前行、在晚餐时分享同一个沙丁鱼罐头的男人来说，为一瓶酒而欢呼雀跃没有什么值得讽刺的。他们向着天空举起来复枪和拳头，坚信这顿在稻田中的晚餐绝不会是他们的最后一顿。等到他们回到家乡，会有一场真正的庆祝在等着他们，小伙子们会穿上干净的衬衫、打上帅气的领结，听着冰块在盛着甘美的杜松子酒的杯中叮当作响。他们会坐在久违的椅子中，讲起战争中的故事。

现在，他们正相互真诚地庆祝。而你，正趴在西弗吉尼亚州的一块地毯上，庆祝的喧嚣并没有将你唤醒，你对身处丛林深处的儿子的喃喃诉说，他也无法听到。你很好奇，不知道你儿子如今的所在之地是否也正逢蝗灾。其实你很喜欢听蝗虫过境发出的轰鸣，不过，它们会摧毁万物。每个夜晚，它们都会定时定点、起伏有致地飞舞，这都能让你判断出大致的时间。当你终于能找点空闲，朝着窗外瞥一眼时，你搜寻着漫漫夜空，想看一看那轮明月究竟沉沉地落到了哪里。

亲爱的爸爸

我不知道他的名字，也不知道他的军衔，我只知道，他现在一定永辞于世了……

那还是1944年的菲律宾，为了守住美军的海岸阵地，你的部队仍在试图逐一击破日军。在他们登陆之前，就要在大海上消灭他们，让他们葬身鱼腹，让他们的森森白骨与怀中故乡少女们笑靥如花的照片一起在茫茫苦海上漂流。他们的军靴都已不在，你告诉过我，在战争中，士兵们都会脱下亡者的军靴，因为自陷入战争以来，行军就不曾停过。

一个士兵看见你在痛苦挣扎，而你却一时想不起他的名字，你的记忆力一向很好，然而腿上的伤痛却太刻骨铭心了。他脱离了行军的队伍，找到一根树枝，把它绑在了你的腿上，这样你才能拄着来复枪重新跟上部队。即使撕心裂肺的痛楚在你身体里奔腾咆哮，但你始终没有停下步伐，勉强跟着队伍在丛林中缓缓前行。茂密的丛林中，夜色如漆，五十米外那些被日本兵刺刀捅伤的士兵的痛苦号叫声此起彼伏。谁也不想落在队伍的最后，因为那意味着他们会最先倒下，在这座他们一个星期前都还闻所未闻的小岛上，他们会流干最后一滴血。

司令官下令短暂休整，士兵们才得以休息片刻，但不可以睡觉，只能喝水、抽烟，其余能做的，就是面无表情地盯着自己和别人的伤口。你是唯一一个没有停下来的士兵，你拖着被子弹打穿的大腿，穿梭在那些坐着休息的士兵里，从队伍末尾走到了中间，又一直走到了队伍的最前面。当司令官下令继续前进，他们又一个一个超过了你，你落到了队伍末尾。再次下令休整时，你仍旧一瘸一拐，在那些坐在帽盔上嚼着烟丝、分享一袋救生者糖果[1]的士兵之间，踽踽独行。有些士兵仍旧提心吊胆，以立正之姿

① 1912年由克拉伦斯·克兰巧克力工厂生产的一种糖果，用以抵御酷热。

肃立在那儿，犹如一尊雕塑，仿佛被囚禁在这广阔人间，无处可去。也许某一天，在某个公共场所将会竖立起他们的雕像和碑铭，以纪念这场战争和他们的英勇事迹。

为了不落后，你一直保持在队伍中间，你就这样坚持了整整一天。你握着来复枪的手仿佛要和它融为一体，疼痛难忍，但你始终没有停下休息。几只飞虫飞进了你的嘴里，你扭曲着张开嘴，想让它们飞出来，那模样就介于鬼脸和立体派艺术家没法完全做出的静止的面容之间。当你奄奄一息之际，丛林中的阴影散去，一道亮光出现了，你被一架直升机救了出去。一个月后，你佩戴着一枚紫心勋章[①]再次投身到战斗之中，你一直很不明白：为什么他们要授予我这样一个傻乎乎的中弹伤员一枚勋章呢？

几个月后，你在马尼拉裹着一条毛毯瑟瑟发抖，你心想，一定要尽早回家，给那个女孩打电话，邀她一起共度新年。自从在银行邂逅之后，你一直对她念念不忘。她拿着其他女孩的单据，从你面前款款走过，眼眸棕色，皮肤如同涂在一碗水果表面的奶油。看上去，她是那种会与

---

① 1782年由乔治·华盛顿将军设立的勋章，专门授予作战中负伤的军人，或阵亡者的家属。

男人厮守终身的女人，但她沉静下来时，又仿佛一声咏叹调、一段优美长句。你问了其他人关于她的事情，得知在那个秋天，她会去阿沃雷特大学[①]读书。你还记得，一年之后，战事正浓，你坐在营火旁借着微弱的光给她写信。在信纸的最上方，你潦草地写着：来自菲律宾的某个地方。

三十年后，我那“邂逅美少年”的欧洲青春之旅因为朋友父母的反对而泡汤，你不忍心看到我这样沮丧，于是贩卖抵押了一些财物，预订了全家的欧洲之旅。这并不是我的梦幻之旅，然而，因为你很高兴为我制订了这场本来支付不起的旅行计划，我也只好强装高兴。我很期待在火车上有个不懂英语的男孩亲吻我，但并没有，只有一个在蒙特卡洛[②]以为我是个妓女的老男人。不过，这场旅行仍旧有许多快乐时光。在阿姆斯特丹的一个清晨，我和你早早醒来去珠宝店为妈妈买一枚戒指，刚到那儿，你就让我给我自己和妹妹也选一个。“我也想让你们拥有这些。”你说。我选了个最小的，希望它也会是最便宜的，不过你却非要买个大一点的。我们乘船回到了旅馆，你遥望水面

---

① 位于美国弗吉尼亚州维尔市的一所大学。

② 摩纳哥公国的一座城市，位于欧洲地中海之滨、法国的东南方。

的神情，我迄今都还记得。我能感受到你所背负的重担，以及你梦想着、计划着、憧憬着的无数美好愿望。

乘着出租车行驶在第六大道上的时候，你的孙子问我："妈妈，在这个世界上是不是有很多惊奇的事情？我们现在活着，是不是非常幸运？"爸爸，在他稚嫩的躯壳中，仿佛也住着你苍老的灵魂。他很像你，身体里盛放着满满的激情与远远的梦想。孩子们会支持对方，我知道，这会让你很快乐。我试着教会他们如何和平处事，不过有时也没那么认真。"小姐，你这儿的设备就像一群蠢牛。"你曾经对一个指责我隐瞒了真正读书量的图书管理员这么说。"卑鄙的小姐，你才愚蠢！"威尔曾在遛狗公园对一个因为我开了狗笼而骂我愚蠢的女人这么回敬道。

我的孩子们从未见过我在支票簿旁弯腰驼背的模样，也没有感受到我那日积月累的沉重恐慌，更没有在很晚回到家之后，发现我正在大街上挥着一把铁铲打在一个浑身酒气的司机脖子上。但如果有人胆敢伤害他们，我将会至死保护他们。我现在所经营的，也正是你的家庭。我只会在做了正确的事情之后不忘念及于你，也会在失去信心之后仍旧一步一步走下去，除此以外，再无其他。

我们都很想你。当所有人都在屈膝休息之时，如果你没有继续走下去，我们这群人也将不复存在。我对你的想念无法言喻，就如同，蓝色也无法言尽大海的忧郁。

亲爱的雅基族[①]的印第安男孩

你要去哪儿？

你已经逃离巴里奥[②]了吗？很多雅基族印第安人都会画地为牢、在此终老。艰难的生活让你的族人们迫不得已地从一个贫民区到另一个贫民区。我曾在放学之后去过那里很多次。透过趴地跳跳车的车窗，我能看清楚你们的街道；液压装置可以让我们在人行道上尽情兜风，那时，我们正听着地风火乐队[③]或者糖山帮乐队[④]，当我们

---

① 美洲原住民，生活在美国西南部以及索诺拉省（墨西哥北部）。

② 美国城镇中说西班牙语居民集聚的贫民区。

③ 美国著名的男子演唱组合。

④ 美国流行音乐组合。

驶过时，你肯定会听见格洛丽娅和艾丽西娅的吼唱：“酒店宾馆！汽车旅馆！你今天要做什么？（说什么？）”[①]他们把头伸出窗外，阿图罗当司机载着我们，他用手肘捅了捅萨米的肋骨：“快看[②]，看那些。”他指着那群姑娘的屁股，然后又重新吼唱着音乐。男孩们会用发油梳着大背头，会穿着松松垮垮的裤子；女孩们会用掉半瓶“最后的网”牌天然树脂把她们那羽毛般柔顺的头发整得硬邦邦的，风一吹，头发就奓成了两只角。狡猾的女孩们穿着紧身裤，故意露出骆驼趾[③]，撅起她们以后再不会如此丰硕的屁股。我和我的朋友坐在其他女孩中间，既尴尬，又激动，我们面对面悄悄讨论着萨米，声音不大，所以也没人听到我们。

那时，你在做什么呢，雅基族男孩？你会与萨米和其他墨西哥男孩一起，娶一个带去毕业舞会的女孩吗？在瓜达卢普[④]，每人都有一席之地，但你的族人们，那些雅基族印第安人，却只能被迫挪到更远的地方。在那之前，我

---

① 歌词出自糖山帮乐队的歌曲《说唱艺人的快乐》。

② 原文为西班牙文。

③ 指女性穿着紧身裤，私处看上去就像是骆驼的脚趾。

④ 哥伦比亚城镇。

不曾见过你，也不知道你去哪儿上学。十五岁时，我的一个墨西哥好朋友把我带到了你面前。我所在的社区，白人住得满满当当，到处都是不怀好意的媒体，你很难在那里安身立命。我也去了巴里奥，住他们的酒店，参加他们的成人礼。你肯定没有来过我们的街道，在那儿，每个男孩都是足球明星，每个女孩都是啦啦队队员。尽管有时我也渴望有一个男孩可以邀请我跳舞、陪我回家，或者偶尔被一个猥琐的大叔吃吃豆腐，但我仍旧讨厌他们。

十五岁的我，一个不被人注意到的我。除了你，鹿舞者。我穿过瓜达卢普，来到一个遥远的地方，在那里，白人女孩们都会悄悄说墨西哥人会把受害者用电话线绑起来强奸她们。但我毫不害怕，甚至赶不上我穿越学校过道时内心恐惧的一半；何况，我也不信这些传言。我是方圆百里唯一的白人，白得就像一张没有横格线的笔记本纸张。走着走着，我发现沿途的房子越来越小，庭院越来越乱，里面堆放着废弃的破烂汽车，挂着用晾衣绳做的秋千。我看见了你们的族人，他们开始去庆祝他们神圣的复活节，随后我闻到一股炸面团的味道，看见一群穿着戏服的人。我的朋友朝着最大的人群走去，他们一圈一圈围着朝里看，人潮汹涌又密集，我们看不到他们在看什么。我的朋友向旁边的男人绽开一个笑容，他腾出了一点空隙，我的朋友牵着我的手向里挤了挤。

你就在那儿。一位老者离你不远，敲打着一面用浮在水面上的葫芦制成的鼓。一些人用雅基语吟唱着，那沉重的旋律仿佛带着不能承受的痛楚，那音符仿佛承载着每个人的恳求与失落。嘈杂的声音都已消失，那歌声是我注视着你的时候唯一的背景音乐。

我的朋友轻声说："那面鼓是鹿的心脏，它浮在水面上。他们敲鼓的鼓棒，是鹿身体里的呼吸。"

你让我沉沦在幻想之中，很久，很久。人群还未散开时，我只能通过他们的头顶看到一对鹿角，我有些担心：我的天，这是要拿动物当祭品吗？毕竟，我是个圣公会[①]教徒。但幸好不是的，那是你，一个神圣的、俊美的男孩。你的头上戴着一对鹿角，轻轻地舞蹈着，你的观众们虔诚地站着，如痴如醉。

传说中，鹿舞者在睡梦中受到召唤而跳舞。在你的文化中，所有重大的决定都会听从梦境和花朵的暗示。警示标志立在一边：禁止给鹿舞者拍照。我发誓，尽管你头

---

①也称为安立甘宗或英国国教，是基督新教的主要教派之一。

发乌黑蓬松，脸上满是灰尘，可是你仍是我唯一觉得像那只我曾经在丛林里见过的鹿的男孩。你的下半身完全布满了红色的泥土，就好像在日光之下，你的双腿生出了斑斑铁锈。

我凝视着你，情不自禁地向你靠近了半步。冥冥之中，我仿佛感受到了一些看不见的东西。一个疑问隐隐浮现在我的脑海：他看见我了吗？答案也许是否定的。但我相信，你的的确确看见了我，你向着我舞蹈时，看我的并不是你的双眼，而是潜藏在你拱形鹿角顶端里能够感知到我的雷达。你那浓浓的棕褐色胸膛让你脏兮兮的脸看上去是用粉笔轻轻画上去的，伴随着每一次呼吸，你的肋骨时隐时现。当你仰起脸来，仿佛能够追踪到附近的同伴，那副模样让我脉搏渐渐加快。此刻的你成了一个鹿人——身体一半是人，一半是鹿，我想将你当作自己的宠物，喂你；想让你追逐着我，用你的牙齿咬着我。我多想让你把我压在你脚下的那片土地上，让我的双腿如你一般沾染上红色的灰泥。

忽然之间，歌声戛然而止。你如被冰封一般静止不动，过了一会儿，你放松下来，把双手放在膝盖上俯身，随后又恢复原来的姿势。一个乐师给了你一把香烟，几个男人拿走了它们换成了一些小费以示敬意。你神色有些疲倦，不断环顾四周，并没有将那些男人放在眼里。你朝我走来，我目不转睛地注视着你，你的棕色眼眸，你的红唇皓齿，从来没有一个男孩像你这样朝着我走来，像你这样选中了我。你离我很近了，几步之遥，身后是乌压压的男人们。你的脸庞方正，毫无保留地面对着我；你比我想象的要高，就那样俯视着我。而我，因为一位近在咫尺的鹿人，双腿瑟瑟发抖，双臂满是鸡皮疙瘩。

我们俩四目相对，随后你拿起一支香烟，说："想抽吗[①]？"

我摇头，说："不。"

你耸耸肩，我微微一笑，没有哪个男孩愿意让我这样为他微笑。我报以一笑，轻轻叹息一声，转过身去。你向着一边走了几步，我想，那是为了不让人们将我们隔开，随后，你又飞快地看了我最后一眼，渐行渐远。你沿着街道走过去，他们向你投掷花朵。

你的部族几乎没有留下来的了，你数过吗？他们将你

① 原文为西班牙文。

的族人以每人二十五或者五十分[1]的价格卖掉了。你像是一只被捕获的鹿，但没有人说过你，也没有人知道你。我长大的地方，你们族人迄今生活的地方，距离那些狂野奔跑的鹿生长的沙漠并不遥远。那些鹿很少活过成年，山林里的狮子、手持从网上买来的射箭工具包的人们……有太多太多的捕鹿者不会让鹿们安度晚年。它们最大的一次灭绝是在一次交配的季节。一只雄鹿无忧无虑地长大，全然不顾在它脑袋后面贪婪地注视着它的一双双眼睛。如果那时，一只雌鹿就在它附近，如果那时，它能感知到它的召唤，那么它也会向正确的道路奔跑而去，不顾一切，如梦如幻。

① 菲律宾以及拉丁美洲的货币单位。

亲爱的布鲁

你看见它了吗?

我刚刚还在想你是在哪儿弄到它的。除了在人猿泰山身上，即便之前游历亚马孙时我也不曾见过它。

你的这条缠腰带是用一张老沙发上的布做的吗？不过，你好像并没有沙发。我猜，你大概是扯出一块你们印第安的圆顶帐篷或者把之前用来装水培肥料的麻袋缝在一起做成这条缠腰带的。

你每天都在腰上系着这条缠腰带，所以应该有一条备用的吧？你是个果实主义者，除了水果和坚果什么都不吃（好像啤酒也是一种水果？）。一辆违章停靠在海滩上（不是海滩边，是海滩上）的货车就是你的家，除此以外，你什么也不需要了——衬衫、鞋子，什么都不需要。凌晨，你和你的朋友格雷开着车去边境给合作社弄一些鳄梨和无花果，我也曾在这所合作社工作过。随后，如果没人想做罗尔夫式按摩的话，你们就回到海滩上。你是位罗尔夫式按摩师，通常会一丝不挂或者穿着缠腰带给那些幸运的人按摩。好吧，或者你身上还会佩戴一些珠宝：一串用海螺壳做成的项链，于你来说便是珠宝。你与格雷都有一头被海水浸湿的秀发，比我的还要长。咸咸的海水和充足的阳光滋润着你的长发，在黑暗中夺目生辉。你是我见过的第一个可以把头发盘在头上还插着一朵花却一点也不娘娘腔的男人。你下唇留着一撮小胡子，浑身黝黑，每天要在海岸旁跳五次水。即便是穿着衣服，你也能躺在潮汐之上，感受着隔着衣衫的流沙的奔腾。你把我带到这个坐落在海岸边的裸体沙滩上，然后毫无顾忌地在我面前脱下你的缠腰带。你的这身行头一只狗一张嘴就可以全部叼走。脱下缠腰带轻而易举，随后你就跳进水中，留我一个人沉浸在一种敬畏之中：原来你并没有远离这个尘世。这种感觉很难被形容成开心，而是一种奇妙古怪的乐趣。

十年前，当其他人还在幻想时，你就决定要开始过一种当代人的生活，于是你开始付诸行动。你借了一辆可以接收无线电波的货车，在全食超市[1]购买囤积的食物，用另一种目光去审视那些疯子——那些人来来往往，你在他们身上发现了诸多可爱之处。你曾说起过你的名字，你说当你吸食迷幻剂后坐在悬崖边的大石头上时，你和你的名字仿佛就合二为一。你睁开双眼，除了你，这个世界都变成了蓝色。从我认识你的那个夏天，你就一直穿着那条棕色浅棕色交织的缠腰带，这让你与格雷看上去就像是马里布耶稣玩偶[2]一样。不过，因为这条缠腰带多多少少遮住了你们的私处，好歹避免让你们因为过度暴露而被逮捕。此刻，这条缠腰带成了你唯一不是蓝色的身外之物。

你与格雷是每天早晨最早到合作社的，齐柏林飞船乐队的音乐从你们的货车中倾泻出来。我坐在仓库的后面，给那些有机坚果、不含凝乳酶的奶酪和奇异海洋蔬菜干装袋称重，你与格雷就会用花朵砸我。只有那些忠实的顾客才会知道干海带；八十个人之中只有真正的嬉皮士会买袋装的螺旋藻，然后哼哼两声。但通常他们拿的都是我装错袋的、贴错标签或者标错价格的。每天跟我一起工作的是

① 全食食品超市，现今美国最大的天然食品和有机食品零售商，拥有265家分店。

② 美国20世纪70年代生产的一种玩偶。

一个叫拉克丝的跨性别男孩，他长得很可爱，却总是闷闷不乐的，做得也比我好不到哪里去。有一次，我们把一大块豪达[①]奶酪丢到吊扇上，看它还会不会整块掉下来，结果就惹了麻烦，因此被他们给分开了：一个去装袋，另一个就去给奶制品备货——备货的那个要站在冷藏室里加满酸乳和酸乳酒[②]，冻得人直哆嗦。

我总是弄混分量，数学又不好，所以一个叫杰奎琳的领导成天对我大喊大叫。我听说你以前约过她，我很难想象那个画面。杰奎琳会穿她裁剪和扎染的流苏花边上衣，会自己缝卫生棉，还用甜菜汁在上面印几句激励语，好像这才配得上她那圣洁的私处。她还勇敢地喝过自己的尿——有一次她朝我脸上吐了一口气，然后问我："嘿，我的口气有没有尿味？"不过这也没什么值得敬佩的，因为她每天都要因为我的笨手笨脚而斥责我。她说我犯的那些错让她莫名其妙。她总会用一些很新鲜的惩罚手段来对付我，或者没事找事。显然她还对你有好感，因为她讨厌我不仅是因为我总是犯错，还有我无意间弄坏了所有的价

① 位于荷兰，是著名的奶酪生产地。

② 以牛乳、羊乳等为原料，添加含有乳酸菌和酵母菌的开菲尔粒发酵剂酿成的一种传统酒精发酵乳饮料。

格标签而你陪我待在一起的缘故。

一天，她正严厉训斥着我，你走了过来，说：“放心，她不会炒了你的。你要是被炒了，这儿工作的男人们都得抗议了。”起初，我不知道该如何回应，因为你看上去镇静又诚恳，嗓音低沉而缓慢。我说话时，你不时地会注视着我的嘴，我去那儿工作了一段日子后，你说：“每次我看到你都会想，天啊，这个女孩肯定每天都会花好几个小时在镜子面前欣赏自己的嘴唇。”

后来，为了谋生，我坐着公交车远离海滩生活，去了一家咖啡店工作。上班的第一天，我被叫去开门营业，结果那天我把所有的顾客都关在了外面大街上。我不知怎么把自己锁在了里头，也不会开门。外头那群渴望咖啡因的老顾客不停地在玻璃门上敲，而我一遍一遍地试着钥匙。最后，客人们急了，我只好把脸埋在双手之中。“真的很对不起，”透过玻璃我用唇形告诉他们，“你们有什么办法吗？”一个女人用双手围住她的嘴巴贴在玻璃门上嘶吼：“还有第二个锁！看上面，那儿有个门闩！”我捣鼓了半天，也没听到什么锁解开的声音，只好泪眼婆娑地请他们离开。这时，我惊恐地看见经理突然出现在了外面，她大喊着，一步一步命令我，最终把门给打开了。随后，她就叫我去柜台后研磨咖啡豆。我很喜欢做这个，因为研磨机的声响遮蔽了一切谈话声。

那个早晨，咖啡豆在轰鸣中化作齑粉，我靠着研磨机，感觉手臂像是经历了一场按摩而变得无比轻盈。我眯着眼看着停车场发呆，这时我注意到一辆熟悉的破旧货车飞驰而来。车窗没有合上，里面的音乐喷涌而出。大货车要朝着这儿进站了，门突然打开，我站在原地四处打转，不知道哪儿可以躲一躲。一朵烟云在你和格雷面前升腾而起，你们就穿着缠腰带，朝着我的咖啡店走来。你光着脚，就像当初我们在健康食品商店里一样。那时我穿着一件太阳裙和一双鞋。在健康食品商店以外的地方看到你，让我忽然被你几近全裸的模样所震撼。我不能在我艰苦工作的咖啡店里见你。我不是想伤害你的情感，也不是想让你如我一般，而是我知道我的老板并不会让衣不蔽体的你靠近糕点柜台。我凝固在了原地，动也不能动，由始至终我都不擅长说一句话，那就是："现在并不是时候，我们以后再见吧，求求你了。"

我得躲起来，就在你和格雷面前。除了卫生间以外，也没有其他地方可以躲，但偏偏经理现在就在卫生间里。就是从这里开始，我变得茫然无措，吊诡之处就在这里，十年之后，哪怕我记得这天以外所有事情，哪怕这个夏天的印象清晰如昨，但我就是不记得后来发生了什么；我记得经理在卫生间里看到我，我打手势给她，告诉她来了两个不速之客，但我就是不记得后来发生了什么。我猜，我是因为自己如此怯懦，所以有意丢弃了这部分的记忆。从你们俩——两个个性甜美，一点咖啡也不沾的人——面前躲开，这让我羞愧难当。我那时想着，万一这两个近乎全裸、头发比经理的还秀美的男人进到店里，我该会惹多大麻烦。我只模模糊糊地记起在柜台后跟你交谈，那像是一幕我想象出来的表演剧，我扮演着一个理智的人，彬彬有礼地和你打招呼。我做了些什么，你还记得吗？

每次当我在附近跟一只叫"熊"的黑色凶狗遛弯时，我总能碰到你。这只中国狗很是神秘，每次我一离开家它就会等着我。星期五的晚上我和朋友娜塔莉走进自助洗衣店时，它就在外头等着我们。为了省钱，娜塔莉和我通常把衣服混在一起洗。要是喝了一点啤酒，我们就跑到洗衣机上跳舞，向过路人展示我们曼妙的身姿。熊站在外头，要是发现有男人透过窗户看我们，或者没拿脏衣服想进洗衣店，它就朝他们吼叫。它就坐在那儿，等我离开以后，它也离开了。娜塔莉说，它是街区上的一户人家养的狗，平时容易被人忽略，但是，它觉得它需要保护一些人。一个晚上，我和娜塔莉以及熊来到了沙滩上，这时我听到了汽车喇叭声，你和格雷抽着烟向我们挥手示意，叫我们到车里去。熊开始咆哮，獠牙尽露。娜塔莉说："这些从《森林王子》[1]里出来、用手帕挡住裆部的家伙真是让我欲火焚身！"

我告诉他们，我们正要去探望娜塔莉的妈妈。你们驱车离开，给我抛来一个飞吻。隔天，我又在店里碰到了你，那时我正在给胡桃标价，马歇尔滔滔不绝的声音从我的一只耳朵进去、另一只耳朵出来。马歇尔在书店工作，为人友好，聪慧过人。他能在我面前大谈特谈关于爱尔兰的政治事件，他以为我会对此很有兴趣，因为我很喜欢听U2乐队[2]。他还给我带来一些被塑料子弹毁容的孩子们的摄影照片，以及我佯装喜欢的北爱尔兰的文学作品。你就站在他后面，吃着无花果。我一铲一铲舀着胡桃时，马歇尔突然停下来，递给我一张小女孩的照片，画面中，小女孩的鼻子被子弹打掉了。

---

① 1967年上映的迪士尼经典动画片。

② 享誉世界的超级摇滚乐队。

“所以，亲爱的[1]，你能星期五的晚上过来与我共度良宵吗？”

我的脑中产生了四个想法。

1. 他不是法国人，他来自洪堡[2]。

2. 他跟我调情的方式，就是给我一份地下“死亡索引”，上面罗列着被塑料子弹射杀的名单。他还说，我得好好保存，他仅此一份。

3. 我绝不会跟他调情的。他可能误会了，把我目光中的无聊当作是对他渴望的信号。

4. 难不成他还想跟我来一段深入讨论政治的美好时光？

我说：“好的，可以。”

他伸出大拇指，面露微笑。

我说“好的，可以”，而不是“好的”，这是一种双重肯定。我们将会从“早上好，我们可以接着讨论一下在北爱尔兰遭受的苦难”到“我会在周五晚上感触到最真实的你，先让我知道你讨不讨厌猫”。我为什么不

---

① 原文为法语。

② 德国西部的城镇。

这样问呢："你的意思是说，我们可以听《在血红的天空底下》[①]或者点一份汉堡王吗？"或者"你是在想别的特制风味酱料吗？"我别无选择，只能到他的"小妖精农舍"里吃水煮土豆、听克拉斯[②]的盗版唱片，这多不公平啊。

马歇尔确定我会过去跟他分享那些塑料子弹的事情，心满意足、优哉游哉地走了。他为什么要这样呢？我已经说了"好的，可以"。

你忽然说："嘿，我的阳光女孩。"

所有对话都落入你的耳朵里。你问我是否会去和马歇尔共度一个夜晚，我说"不"。我看着坐在办公室里的那个北欧乐手，装模作样地在工作，其实是在偷偷阅读《道德经》。你问我为什么刚才不对他说"不，谢谢，马歇尔"，我说我不知道怎么说"不"，我不想伤害别人的情感。你说："他才不在乎呢！你只需要说，不，他就会离开。你应该像个成年人一样对话。"你倚靠在我的桌子上，沉默地向我微笑。我也向你微笑，铲子还插在袋子里

---

① 爱尔兰摇滚乐队U2于1983年发行的一张音乐专辑。

② 英国朋克乐队。

的养生粉中。

忽然，萨杜恩·约翰尼的出现打破了这份宁静的美好，他说："嘿，布鲁，我想跟她单独待几分钟，不过，你留在这儿也行。我想说的是我的一些朋友弄了点迷幻药来，今晚就在我家的院子里，我们想找点美人儿过来。你愿意加入我们吗？"

我看着他，谁也没有动。我准备说"我也许稍晚就会过去"，可"也许"二字还没说完，布鲁就用手指着我说："抱歉了兄弟，她今晚跟我有约了，老早我们就约好了。"

萨杜恩·约翰尼说："好吧。要是你们想来点，今晚过来，记得自带酒水哦。"

布鲁说："改天吧。"

萨杜恩·约翰尼离开以后，我说："看吧，我不擅长说'不'。"

布鲁说："不要总是自省。太阳总是在发光，在这个太阳系中，你就是独一无二的你。我们总是试着笑脸待人，总是想得到家庭的安全感。"

你是对的，你知道如何向别人说"不"。你并不想给谁留下深刻印象，也不想冒犯任何人。你就站在那儿，无比真实地站在那儿。这让我有些害怕，我开始怀疑我自己是否真实地存在于此。我也能在沙滩上脱下自己的衣服，想着自己自由而无拘，但对他人爱的渴望让我变得不切实际起来。有人会对我有所隐瞒，有人会告诉我他们眼中的我，我会很在乎他们的想法。那个晚上，要不是因为与娜塔莉去看望她妈妈，也许我就会上了你们的大货车然后四处兜风。但我想，也许你的沉默会吓到我。我不想再进行这种游戏了，这让我筋疲力尽。但对那些魅力非凡的人我从没有抵抗力。我总是在说，我渴望那些美好的事或者真诚的人，但又总是在挑三拣四。我在想，你究竟从何而来呢？我希望你所信仰的上帝从不曾被亵渎，你的世界仍旧是一片蓝色。我一直想对你说抱歉，那天的默默躲开，还有我制造的隔绝那些真诚和美好的伪装。对于这些，我一直深怀歉意。

亲爱的亚伯拉罕

你开门让我进去。现在只有身怀绝技的你才能帮我了。

我在你的办公室里坐下。你滔滔不绝地讲了一个小时，而我却在这间回音不绝的房间里无精打采。在彼时我还年轻的脸上，我的眼珠黑得深不见底。我唯一能记得的就是，彼时你口若悬河，而我哑口无言。

“我并不是在警告你，但是根据银行的规定，你已经没有足够的资金，甚至连一点存款都没有了。你现在要考虑的就是如何生存下去。”

我把头发扎成拳头大小的一团，发出一声像打开水龙头的声响。

“好吧，这样。”你看上去好像正在怀疑我是否备受打击甚至表现出低血糖的症状，“我需要向你解释一下吗？你明白现在这种情况是怎么发生的吗？”

“不。但我的意思是说，我需要，你可以试一下。我是说，我不是很……”我坐了回去，斜眼瞪着你的那些回形针，在想我是否能够用意念来移动它们。我感觉到一阵备受摧残的尴尬，却又不知道自己是如何落入这种境地的。

你的对讲机响了起来。

“抱歉，给我一分钟行吗？我得回个话。”你说，你拿起对讲机拨通了接听键，我一动不动，你重复了一句，“给我一分钟。”又向我挥挥手，确定我是否在呼吸。这是个我已经十分熟悉的动作，熟悉到我都不知道如何去回应。

“你想吃点什么吗？”

“不用。等一下……算了，还是不了。”我说。

“我能问你一些事情吗？”你问。你挂断了那个人的电话，把对讲机放下了。

“好的。”我说。

“你的衬衣怎么破破烂烂的？我的意思是在问你，你是遇袭了吗？”你双手抱着手肘，耸起肩膀，摆出一副“我能说些什么”的姿态，像只企鹅在笨手笨脚地学习飞翔。你的这个姿态已经表露了太多的意味，诸如："好吧，随你便"，或者"没人在问你，好吗"，或者"就算你在上面放了芥末我也能照吃不误"。

"我买的时候就是这种款式。"我说，但我应该向你出示一下我的收据吗？我忽然意识到我不可能拿出收据，因为这衬衣根本就不是我的。

"等一下，"我说，"其实这是我朋友奥利维亚的。不过她买的时候也是这种款式。不过，我猜也许这是她偷来的。"我笑了，但忽然又后悔说了刚才的话。

"什么？偷的？从哪儿偷的？她是谁，一个罪犯吗？"你几乎是在咆哮了，但不知道为什么，我一点也不恐慌。

"不，不。我是说，也许是她偷的，但我不知道。她可能是个脱衣舞娘，所以她有很多这种衣服。因为有时候她会收到一些只有一块钱的账单，让别人以为她是个跳一次舞收一块钱的脱衣舞娘，挺尴尬的。"我想让他知道奥利维亚其实是个好女孩。

"我们需要知道你的一些新朋友。"你说，"严格地说，这并不好。"

"我知道，但是她挺好的。我的意思是说我没有干过小偷小摸的行径。"

你又摆出那副姿态来。我欲言又止，想说我是如何抵抗那些所受的伤害。我重重地、不合礼仪地叹息一声，你看上去对我很不满，这让我觉得尴尬而昏沉。从这里回家，我得转三趟地铁、穿越八个街道，因为中途还得去中城取点东西，但此刻会议仍在进行。

“你以为自己才几岁？原谅我这么问，但你以为自己才几岁？二十三，还是二十？”你的嗓音低沉，就像这个房间装了窃听器，而我的年龄则是最高机密。

“我猜猜。”我说。

随后，房间里萦绕着大段大段的沉默。

你不打算绕弯子了，准备开门见山地说话：“所以你打算找新的会计，还是别的什么？”

你响亮的声音打破了房间里的寂静，吓得我差点跳了起来。有那么一个瞬间我真希望自己天生就有操控自己的本事，这样就让我此刻的表情看上去急切而非从容。“我也不知道，但你知道的，我现在的情况。”我觉得自己的声音在慢慢减弱，脑海中一片空白，却只能任由自己继续说下去，“而且是的，”我指着你桌上的文件，那些还是我用中餐厅的外卖袋子装回来的，“我不明白这份报表。我有钱没钱自己还不知道吗？就因为他们说我有钱，或者他们从没有暗示过我没钱吗？我问过他们我是否可以买一张台球桌，我从卖台球桌的店里打电话问他们了，他们说这能让你倾家荡产，所以我知道我是不可能付得起了……但我想，也许有时候我也想买件自己付钱的东西，因为我和一个有钱人生活在一起，而我并不想总是他来付钱，就是这样。”

这是自打我进门之后最想说的话，也是我这个星期说得最酣畅的一段话。我注视着你，知道此刻的我头脑不清楚，而你也不打算让我好好厘清自己，这让你有些愧疚感。或者呢，你也许只是对我厌倦了，但此刻的我却让你有些急躁不安。你似乎正强忍着对我咆哮的冲动，但我却莫名隐隐希望你能向我吼几句。

“你买台球桌想干什么？你当自己是爱尔兰人吗？”

你笑了。我耸耸肩。

“送我的男朋友，因为圣诞节。不过，也没什么关系了。”我忽然有了流泪的冲动，所以埋头在我的包里一阵乱翻，然后找到了一枚口香糖，这样可以让我从流泪的冲动中稍稍分神，“他挺喜欢的。”我转动自己的眼睛，努力让自己看上去不像个受伤的女人。

“好吧，看上去，”你的声音柔下来，“看上去你买不起那张台球桌了。”你一边说，我一边点头，这样你就知道我能理解你的意思，“而且我想也没法退货了吧？我是说，不能拿到退款了吧？”

我摇头，意思是说不能。

你又回到了刚刚的话题：“所以约翰尼告诉我你在找新的会计了，是吗？”你很希望整个事情能做个了结，这样我就能离开了，“你需要一个财务顾问。”

你微微有些喘气。我抬头，微笑，目光从地上收了回来。我点点头说是的。

你拿起一个纸巾盒在两手之间扔来扔去：“好吧。”随后又把纸巾盒放回原处。

没有人再开口说话了。你的对讲机再次嗡嗡作响，但你没有再接听。

“嘿。”我站了起来，忽然发现我也许比你还要高六英寸，“没事的。”一边说着，我拿起我的钱包，穿上我的皮革外套。你忽然意识到，我就是那种只在某些时刻才能认清真面目的人，并且我对此毫不在意，但这种捉摸不透反而让你更加喜爱我。你并没有在听我说些什么，我自顾自地说着，朝你的沙发走去。你忽然在想你订的外卖汤是否已经到了，一开始你点的是碎丁沙拉，最后关头你换成了汤。因为碎丁沙拉只有蔬菜新鲜才会让人垂涎欲滴。不管是什么原因，你都觉得这个决定是明智的，汤肴总是可以让你胃口大增。你发现只要趁早做好决定并且毫不动摇，有时候是可以规避一些失望的。你看了下手表，然后又把视线转向了我。此刻的我已经在你的沙发上蜷缩成了一个半黑半黄的逗号，背对着你，发出含糊而费解的声音。

你向门口走去。打开门后你又想，我这幅躺在沙发上的场景可不怎么好看，于是又折返回来坐下。

忽然，你听到了我的窃声私语："我能在这儿抽烟吗？"你向前走了一步，看见我仍旧闭着眼睛，呼吸仍旧平稳如初。睡梦中的我对你而言似乎要更加亲切一些。

你摘下眼镜，又重新戴上，这样可以好好地看看我：那是双军鞋吗？还别着尿布用的别针？皮革外套的背面画着字母涂鸦"黑豹万能药"，旁边印着橙色的标记；腿上穿的是一条黑色裤袜，外面还包着一条有破洞的红色裤袜，这破洞是故意的吗？她们是不是就喜欢买这种款式的衣服？还是说她们买了好端端的衣服之后非要再用手撕个洞出来？你想象着这个画面：我们在布卢明代尔百货公司[1]买好一件衣服，带回家，再颇有心机地撕几个洞出来。你

① 位于纽约。

不禁在想，要是换成你自己来撕的话，得笑成什么样？这很有趣吗，竟然还变成了一场集体行动？还是说撕衣服产生于某种类似恋物癖的焦虑感？每当你在地铁上看到一些孩子穿着像是被割草机蹂躏过的衣服时，总会不由得思考这样的问题。

“什么？等一下，她是在睡觉吗？”桑德拉端着你的汤走了进来，“这是刚才进去的那个女孩吗？你这么快就让她睡着了？”

“出去。我怎么知道？她说她累了，我能说什么？”你打开汤盖，“你没拿吸管。”

“在汤里。”桑德拉从汤里把吸管捞上来，又递给你，“她看上去挺好的，对吧？”

“我怎么知道？她睡着了。等她醒了我再问她好不好。反正我只知道她被狠狠地伤害了。”丸子汤冒出腾腾蒸汽，你吸了一口，这让你冷静下来了一些。桑德拉摇着头离开了。

我的手忽然翻腾了一下，随着一声轻轻的“啪嗒”声，一块口香糖掉在了地上。

“我该怎么办呢？”在这无人应答的地方，你这样自问。你在想是否可以打电话给犹太教法律专家们商量对策。

十年后的一天，当你听到我拿着一张没用的借记卡在自动取款机前束手无策时，你也在想是否要去犹太教会堂里找犹太教法律专家们商量对策。因为那天是犹太教的安息日[1]，所以你没法给我打电话。但是当安息日结束的下一分钟里，你就打电话给我说帮我修它。二十年后的某个你不用上班的日子，你去了一趟办公室找我儿子护照的复印件，因为他护照过期了，人家不让他跟我一起登机。等我儿子护照更换后的两天，我因为丢掉了护照，跑到护照局跟人家哭诉，而你也在队伍中陪着我。就在隔天，我拿到自己新护照的两小时后，我又把护照弄丢了，你又拉着我去和人家哭诉。你将会和我一起站在队伍中等着取我的护照照片。我问你，我此刻的发型是不是很丑，你把自己的帽子戴在了我头上。

二十五年后，我在离犹太教会堂不远的地方看到了你。那天是你的荣誉日，我发表了一段演说。在那些犹太教法律专家和一群吃着犹太洁食鸡[2]的人面前，我哭了。我说，你待我如同女儿，让我从一个连出租车都坐不起的

---

① 基督教、犹太教每周一次的圣日，教徒在这一天停止工作，礼拜上帝。

② 洁食即符合犹太教教规的食材。

女人变成一个竟然有了私人司机的女人，我会把这个去见你然后在你沙发上睡着的故事讲给所有人听，他们会哈哈大笑的。

然而此刻，一切仍在继续。一个女孩在你的沙发上睡觉，但那又如何呢？

你重新开始手头的工作，然后停下来吃两口苏打饼干，从包装袋中拿出一块完整的不带一点裂缝的苏打饼干可真不容易。为什么会有人喜欢吃蘸过汤汁的苏打饼干呢？浸水湿透的饼干得是什么口感？你完全没法接受。你又在包装袋里拿出一块苏打饼干，这块也很完整。

你在对讲机里呼叫桑德拉。

“她还在睡觉？”桑德拉问。

“少管闲事。”你说，然后扫了扫地上掉的饼干屑，“把吸尘器拿来，还有烟灰缸。”

你静静地看着地上的饼干屑，这样就不怕待会儿找不到它们了。等她拿来了吸尘器，它们就会去它们该去的地方。你就这样静静地等着。

亲爱的将死之人

我们所拥有的，都将转瞬即逝。

我去参加一场我不想参加的派对，看见你坐在沙发上。你穿着一条面料考究的裤子，双腿交叉，露出羊绒袜子。这是一位优雅的男士，我暗暗猜度着，关注着你端起酒杯的手势，以及与人闲谈的语气。我忽然发现，我的注意力差不多全部被你吸引过去了，其他什么都没在意。

我从角落里走了出来，坐在你的身边，用一种旧时的调情方式相互交谈。你身上散发的气味牢牢地吸引住了我。你这样一身精致的着装——熨帖笔挺的衬衫、油光闪闪的乐福鞋[1]——仿佛使你置身于另外一个时代。这复古的装扮，却也让你散发出古典男性的魅力。我甚至都在怀疑你是否会在周末穿着背带裤去参加赛马会。我想把头靠在你的肩上，想把那儿弄出褶皱。

不要停止和我讲话，永远不要，我想，你简直是世上仅存的最有趣的人了。我不停地向你问问题，你也把整个身子都转向了我。我们俩意兴盎然，忽略了周围。这时，一个吸着烟的男人走过，你认得他，把手指向他，笑声里却带着责难的语气："你能把烟熄了吗？"

我说了一些无礼的话，不过不记得说了什么，只记得大概意思是：作为朋友，这样可不好。坐在你另外一边的那些人都安静了下来，其中一个尴尬地笑着。你指了指你的头，我这才发觉你的头顶光秃秃的，口里的话都消融成了无言的沉默。对于一个衣冠楚楚的秃头男人来说，不剃胡子是唯一可以选择风格的方式了。

"好吧，我得了癌症。你看吧，这太不幸了。"

你举起酒杯一饮而尽，仿佛在遮挡什么。这就像一对

---

① 指没有鞋带的平底鞋或低帮皮鞋，特点是易穿易脱，是男性休闲鞋里的经典款式。

舞者，其中一个被绊倒，另一个舞者不想他人看到，便通过走位和肢体动作掩盖。你又捡起话头，重新谈论起你的女友——刚刚你问起过我的男友，我便也问起你的女友。我们热情洋溢地赞美我们另一半的美德，也痛心疾首地坦陈我们另一半的缺憾。醉意渐浓，我们毫无保留地分享彼此的一切，管他周围的人是否听到了什么。我们因为对方的热烈的反应而变得更加兴奋，因为兴奋所以反应也更加热烈。与你说话，我可以很放肆，不用担心音量过高。你一直挂在脸上的笑容明媚动人，就像是你要将我深深印在你的记忆之中。我说话时，你总是凝神倾听，让我感觉自己像获得了超级杯一般兴奋。你如此认真投入，我偶尔也会打断你："等等，你刚刚说的是什么意思？"即便话题终止了，声音渐渐歇止，沉默也如此漫长，但也没有一点尴尬。

就语言是如何形成的，科学家们没有达成共识，所以也没人知道使一场特定的谈话成功的因素是什么。这当中的奥秘我也不愿知晓，就如同我不想知道自己何时会死去一样，但我却可以研究这个课题一整天而不觉厌烦。我喜欢尝试描述事物，但我更喜欢这样的事实：越是用更多的词进行演绎，越觉得自己陷入了意义不明的状态。我可以用无穷无尽的文字去描绘你，但这只会让那些想从字里行间了解你的人觉得你更加模糊。如果再多二十年的相知相处，我们也许还不比初识时那么了解彼此。

在某些程度上，我们无法阐释语言的起源是因为人类对感知真相的反应。如果言语完全可靠，那么它就会成为唯一的沟通方式；但它不是，因为人类会说谎。一个猿人向另一个猿人发出声音或做出动作示意想要一根香蕉，不管最后有没有得到香蕉，它的意思已经传达出去，并且被对方直接理解，因为这些信号没有经过演绎，没有言外之意。猿人不会说："你的袜子反映出你的很多特征，我很感兴趣。你能把那根香蕉给我吗？"猿人不会迂回地表达自己的想法或目的。尽管动物也会互相"欺骗"，但它们的本性是抗拒欺骗或复杂的。如果交流出现误解，猿人会直接忽略本次交流，其实这么做才是最轻松、最没有负担的方式。人类有太多迂回的表达方式，总是将表达本身过度复杂化："我花了五美元买那根香蕉"，或者"为什么茱莲妮有香蕉，我却没有"，或者甚至是"我想经过昨晚我们已经达成共识了，你欠我一根该死的香蕉"。所有表达最终都偏离了目的——香蕉。

放弃吧。有那么多花样可供选择，用来表达自己的想法，为什么我们最终都不参与最简单的互动，只是自顾自地寻思：他们那么说是什么意思？

我不知道自己为什么想坐在你旁边，也不知道为什么和你聊天会让我那么激动。是因为你组织语言的方式？或者是因为隐藏在你语言背后的某些东西？或者这二者都是原因？我不需要打断你，我想握住你的手，轻抚你的胳膊。某些时候，我差点抓住你的手，以一种兄弟或许久未见的朋友的方式握住你的手。那天我没能这么做，真是遗憾。不知道你怎么看待我们那天的聊天。

那天晚上走的时候，我向你要了联系方式，期待能再次见到你。几周后，我们终于找到一个彼此都有空的时间约出来见面。那天下午，我出发前往市郊，赴我们的非约会之约。我一路上都在幻想以后一周见你一次。

你可爱的女朋友热情地将我迎进门。她说你卧在床上，身体状况不太好，我说很抱歉。我没想到你身体不舒服，还在想着自己要不要就这么直接离开。这时你出来了。你的脸色很苍白，人也瘦了些，但还是那么英俊。我觉得自己还是离开比较好，让你好好休息。出于尊重，我向你女朋友表达了离开的意思，但是你想和我一起吃午饭。你说："我一直都很期待这一天，今天不想错过了。”你女朋友点点头同意了。我们离开时，她拍了拍我的肩。

我们就近找了一个地方，选了店外的位置。我发现你的动作相较几周前迟缓了。我们点了苏打水和意大利餐，重新熟络起来并没有花多长时间，虽然我们谈话变慢了，但那份舒适还在。你难以名状的笑容让我心生捧着你的脸吻下去的冲动，我想给你一个不越界、不夹杂任何男女之情的吻，但是我忍住了。我是单纯地喜欢你。

离开餐馆时，你把胳膊伸过来，示意我们去散散步。我看着你站在小餐馆门口处，一条腿已经跨出去，还有一半的身体仍在餐馆里。那一瞬间，门外的城市似乎变成了你的背景。像是在看费里尼[①]拍的罗马影片，整个曼哈顿或是从你身后掠过，或是在你周围旋转，那种效果就像是在一个男人的介绍下，一座城市慢慢呈现。咖啡馆、服装店、衣着考究的女士、古根海姆博物馆[②]前一群穿着校服的男孩都因走入你的画面而得以填充色彩，是你使他们的图画得以完整。这一切就像是原始背景，在无声地讲述着

---

① 费德里科·费里尼，意大利电影导演、编剧、制作人。

② 指美国纽约古根海姆博物馆，全称所罗门·R.古根海姆博物馆，是古根海姆美术馆群的总部。

你的故事。

我挎着你的胳膊，因为你需要搀扶。我调整了一下姿势，找到了一个既能让你保持平稳，也让我自己能保持平衡的姿势。这个姿势使我第一次开始思考我们聊些什么比较合适。

你先开口说话了。你说：“我们真是太神奇了，我们也证明了生活中总会发生一些出人意料的事。”你说我们之间有些特殊的东西，你想守住这份特殊。你向我靠过来，说：“这些是我的，我很需要。”你低头看着我，说：“哦，真是太美好了，但是这也许是世界上最短暂的友谊了。”

如果我没记错的话，之后我们又聊了一两次。大约一个月后，我外出回来，看到你女朋友寄过来的卡片。她说，我对你而言很重要，我给了你很大的鼓励。我把卡片贴到脸上，遮住眼睛。我仿佛看到了我们在街上散步，我还记得你周围的一切都渐渐就位，似乎有人在某处按按钮、做指挥。

谢谢你让我挽着你，谢谢你给了我那么多时间。现在我才知道，时间于你是多么宝贵。你的时间有限，远非无穷无尽。

我们相处的时间很短暂，但我也一样怀念这段时光。我们陷入爱河，但不是通常意义的爱情，而是对生活中偶尔出现的态度的热爱。你不愿放弃这感觉，因为这是最好的生活态度。这些时刻总伴随着一些震惊，我很喜欢这种感觉，因为你总觉得，很好，稍后我会追上大家的步伐。你只需在真理改变的数秒之前，在真相完全变为另一种情况之前，或者在你自己改变之前，接纳这浩瀚的真理。

亲爱的鲍勃神父

您了解上帝，仍然崇仰上帝，所以我信任您。

一个星期日，那时我大概八岁。宗教仪式结束后，你走下来经过长椅，我斜坐在长椅上伸出手拉住了你的长袍。

“鲍勃神父，”我低语道，你弯下腰仔细听我说，“地狱里有人吗？”我问，我知道你能告诉我答案。兄长、姐姐和我去你房间玩占卜时，你会给我们吃奇多。你肯定能回答这个问题。

把手搭在我肩上后，你停住了，眼睛上下移动，仿佛在读无形的文字。我紧盯着你，等着你告诉我真相。你开口说话了，然后又停下了。

“现在吗？你是问地狱里现在有人吗？”你问。

我严肃地点点头，你又扫了一眼我的脸，思考一番，说：“没有。”

“好的。”我说。

你拍了拍我的背，好像在说：质疑本该深信不疑的事物是件好事。

在你做了几年的牧师后，“永恒的诅咒”这一概念似乎该被重新讨论了；由于一个三年级小学生的质疑，“来世”这一概念似乎有待考察了。我意识到，那只是你当时的想法罢了。信仰于你更像是柔软的黏土，而非僵硬的灰浆，如果你能阐释福音书[①]，那么我也可以，谁都可以。如果上帝原谅你抽烟、喝酒、恋上同性，他也许也可以原谅我偷了一只小猫，并把它包在毯子里放进旅行车。当然，如果你恶言恶语，还偷喝了激浪[②]，上帝就会选择其他人，不让你进天堂了。如果《圣经》中都没有记载你给出的答案，那么我也不必按照《圣经》回答了，关键是要像你一样诚实、可亲。如果你大声嚷嚷，或偷吃了很多意

① 福音书是基督教《圣经·新约全书》首四卷《马太福音》《马可福音》《路加福音》《约翰福音》的统称。

② 百事可乐公司荣誉产品。1940年，美国田纳西州的Barney和Ally Hartman两兄弟在调制烈酒的时候，在无意间创造出了激浪饮料。

大利面，也不要惊慌。更不必担心帕克家的孩子将会在臭气熏天的地狱里遭受酷刑，即使他们正努力念咒召唤孩之宝公司[1]出品的玩具的亡灵。

我家所有孩子都和你有些交集。我最年长的兄长记得你曾经开车载他去比斯比[2]，他要到征兵局申明反对越南战争。他们看了他一眼，骨瘦如柴、患有哮喘病、滔滔不绝地向所有愿意听的人讲述自己的政治批判，然后去另一个部门查他的名字。他们很快就通知他，他的健康不符合要求。没有机会宣读自己标满脚注的反对越战的演讲稿，他急得快要哭了。他在征兵局外的大厅里来回踱步，你跟在他身后，听他碎碎念。没有得到自己想要的东西，他到底该怎么办？

最终，他有了一个想法，大声宣称自己找到了答案：他要将法律和上帝的教导结合起来。他兴奋地说："我要回去上学，拿到教会法[3]学位！"然后他看着你，希望能得到你的认可。他问你是否愿意引导他，你慢悠悠地吸一

---

① 美国著名玩具公司。

② 位于美国亚利桑那州东南部，是科奇斯县的县治所在。

③ 泛指罗马天主教、东正教以及基督教的其他一些教派（如新教的圣公会和加尔文教等）的各种法规。

口烟，说："我当然愿意。但是你得知道，教会法和蝴蝶身上的乳房一样没用。"

我对我的孩子说："有一个人能给出更好的回答。"距离那天我在教堂问你问题已经过去了三十年，现在我的孩子提出问题了。我给你打电话，他们跳到了床上。

"孩子们，安静点。"我说，"现在正在通话的这个人对妈妈很重要。"

"他人很好吗？"儿子问道。

"鲍勃神父？"一声轻微的"你好"之后，我听到了一阵咳嗽。是你的声音。我已经有好几年没听到你的声音了，但它就像时光机，让往昔的记忆穿越到此时此刻。我问你的另一半还好吗，你说他很好，而且现在就在你身旁。

我说："替我向他问好，顺便问一下，你愿意回答我孩子提的问题吗？耶稣去世后，发生了什么？"

你说："当然可以。"

我轻推了一下儿子，他正掰着女儿的手，想拿走她手中的橡胶鸡。儿子昂脸对着手机，他说："你好。"

"你也好。"你说。

"呃，"儿子说，"他为什么要从洞穴里出来？就是前面有块大石头的那个洞穴。”

“那里有块大石头吗？”女儿问道。儿子捶了她一拳，低声说“安静”。她又打回来，说她为什么不能说话。我小声说：“你们俩够了，别胡闹了。”然后正声对你说：“他们不太明白他是怎么出来的。”

“不是‘怎么’，是‘为什么’。”儿子说，“我不明白他‘为什么’要出来，而且不关门。”

“我以为你说的是块石头。”女儿说着，她已经躺下来，快要进入梦乡了。我轻推她一下，慢慢抚摸着她的后背。儿子盯着手机，我能听到手机那端传来你的呼吸声。

“他出来了。”你说，“因为他需要光明。”

儿子看看我，然后又盯着手机：“好吧，那他为什么任由人们朝他扔石头？既然他拥有特殊能力可以打开洞穴，他被钉在十字架上的时候为什么不使用特殊能力？为什么不直接飞走？”

你沉默了一会儿，然后说：“呃，这是个好问题。”你的尾声又喑哑了一些，还夹杂着些抽烟的声音，或者是烟抽得太多导致喉咙发出沙沙声。

“他为什么任由坏人欺负自己？”儿子问道。

“因为他想顺应自己的命运。作为上帝的儿子，他希望我们能学会牺牲和宽容。”你说。儿子转向我，吃惊地张大了嘴巴。他拿起手机，直接对着手机加大了音量。

“等一下。”他说，“上帝是……他的父亲？”

“是的。”你说，“他也是你的父亲。我的意思是，这取决于你怎么看了。不管我们有多大能力，不管我们生父是谁，我们都被上帝以同等程度深爱着。”

我希望你的声音能刻入他们的脑海中，可儿子太小了可能会忘记，女儿已经昏昏欲睡了，估计也没有听到多少。我希望他们能够虔心祈祷，因为有人说这是衣食无忧的来世的通行证。我希望不论他们选择了哪条信条，都能不受其束缚。我看着熟睡的孩子们，寻思着是谁教你如何思考的，又或者是，是谁教你适可而止、不深入探究的。

父亲奄奄一息时，我给你打了电话，你说：“记住，你父亲是我见过的最可敬的人。”我将手机放到父亲耳边。我对你的声音很熟悉，但从手机中流泻出来的话语韵律还是有些变化。你和父亲用另一种语言交流着，语气有些强硬。我突然觉得你在向父亲交代一些我们都还没做好准备去接受的事情，因为父亲就快要离开了，他不必再彷徨徘徊。我看向兄长，知道他和我想的一样。这么多年，你和我们一起坐在餐桌旁，呷着酒，低沉地笑着，附和我们对难以解答的奥秘的信奉。神秘危在旦夕了，但其实不必让它灭绝。

我最近一次和你聊天，你说你要结婚了。不至于有失优雅这么严重，但是你多大年纪了，七十有几了？这喜讯让我对人性充满了希望。我从没见过你的另一半，理查德，但我知道他是幸运的。因为你，我走进各个教堂，参与各项宗教仪式，为了善意，也是为了阐释。

亲爱的“大脚”

我不曾和你对视过，因为你是闭着眼睛的，但是你的脚吸引了我的注意。它们从床单下伸出来，估计比一般人的脚更宽，因为它们比较长，宽度又和长度成比例。这样的大脚甚至都遮住了脸的风采。

我设想了一下有关这双脚的命运，我知道你是篮球场上的大人物，除此之外对你就没什么了解了。我盯着你看的那天，也许你正梦想着成为NBA中的风云人物。我不知道你会如何对待自己的梦想，只是简单想想，还是执着地坚持追逐，抑或是这个梦想只是你母亲对你的期冀。我对这些全然不知。

那些天，我注意到你母亲总是一个人坐在休息室，突然明白了所有一切。她一动不动地坐在沙发上，像极了一种纤弱无力的珍稀麻雀。我从没看到过有人陪着她，也不知道她在那儿到底坐了多久。那时，我父亲刚移到那层不久。父亲刚做完脑部手术，是由“三叉神经痛”引起的神经性紊乱，“三叉神经痛”真是个奇怪而滑稽的词。父亲按部就班地进行治疗，我们也不用太担心，只需要一直陪在他身边就可以了。我们每天就待在病房里、病房外、休息室，再去几次自助餐厅。那天下午，我去休息室的路上看到了你的脚和你脸的一角，医生们围在你周围，似乎你的病情不容乐观。走进休息室，我看到你的母亲坐在那里，眼神空洞呆滞。你手术的成功率只有百分之二，极高的失败率蚕食着本就微弱的希望。

我和母亲开始为你母亲感到担心，想从你母亲的动作来推测你的病情怎么样了。我走进休息室，她的目光降低了些。我走过去，坐在她身旁，问：“你的孩子怎么样了？”

她一动没动，也没有看我，但却亲切地答道：“他不太好。”

我不知道该说什么，但可以确定的是，如果我突然哭起来，这对你母亲一点帮助都没有，所以我说了句“很抱歉”，就去找母亲了。我和母亲无助地紧握着彼此的手，一向都很善良的母亲向她走去，问：“我给你拿杯咖啡好吗？”她极微弱地动了一下以示同意，然后继续化身成大理石，面无表情。

第二天，我又来了医院，匆匆看了眼父亲，就急急地去寻找你，但是没找到。我拉住一个护士问，那个高高的男孩在哪儿？我不认识那个护士，她显然不知道你本该健健康康成长，日后成为篮球巨星。很显然，她对此一无所知，因为她头都没抬，语气平淡地回答说：“他们把他的尸体运走了。”

那天距离现在已经有二十多年了。从那以后，我还经历过很多悲伤的事情，但从不曾忘了你。根据我所知道的有关你的事，我为你的故事添加了许多细节，这些细节似乎还合乎情理——根据量子引力理论，由你的身高可推断出你的重心。我理解一位母亲白发人送黑发人的心情就像知道这个算法一般深刻。如果真如某些科学家所说的，时空是可穿越的，我想问问你，我添加的那些细节是否正确。其实我本不需要知道你的答案，只是上帝为你安排的命运太过悲伤，不管是由于上帝讳莫如深、难以参透，还是因为上帝不愿网开一面，这样的结局都让我难以接受。我着了魔似的决定为你重新书写一直萦绕在心头的结局。

人们会说“事出有因”或者“这是上帝计划的一部分”，我也希望自己能接受这些说法，但是我做不到。我也不知道为什么自己会对你难以释怀。

也许对于我们可怜的人类来说，一切都没有答案，但是我们仍旧知道很多事情。我们知道，有一颗行星上面有四千种鸣鸟，因为这是可能的；因为就在这同一颗行星上，存在着有感知力的人类，他们是漫天宇宙中的星尘，从这些人中喷涌而出的是诗意、音乐、性和新生命；因为宇宙也许就是一张全息图，而我们所有的人漫游其间。但在相对论和引力理论之外，仍有另一重维度有条不紊地运行着。因为所有这一切，因为没有理由我的祈祷无法辐及你的母亲，尽管我连她的名字都不知道。没有理由如此，一切都和外在表征不同，每一个时空理论都有缺陷。

我知道，如果你的母亲还活着，此时此刻她一定在想你。我想知道她会为你祈祷什么。有时我会想象你在球场飞奔，在一旁的她几乎不可察地微微移动双肩，模仿你在队友间迂回穿行的动作。她几乎是下意识地随你而动，目光紧跟着你，为你的胜利而欢呼。直到你转过身来朝她挥手，她才重新稳稳站住，满面笑容。

亲爱的前男友

七月，我们如胶似漆，但是到了来年四月，你提出的所有问题，我都没能给出正确答案。我们发生了争执，吵得不可开交，甚至在争吵中忘记了各自坚持的立场。我记得当时自己没有一个说得通的想法，但是你有，你的观点很好。我不知道如何通情达理地进行讨论，我参与的讨论最终都是令人失望的。不必否认，我很沮丧。

那次我们争论了一整个周末，后来连饭都忘记吃了，当时你坚持的观点是什么？我们一直在争论，到后来我们都累了，无法集中注意力了。最后你说："这样太疯狂了，你简直在折磨我，我想去墨西哥餐厅吃饭，我们去吧。"我说："是的，别再说疯狂了，我只想穿上鞋子。"你说："好的。"你也听到了我说现在极想吃洋葱番茄辣酱。我们停止争执，坐上了你的哈雷。你大喊：“我们去马里布！”我也跟着喊了一句：“听起来不错，但是排气管好像灼伤了我的腿。”你说：“哦，柜台那里应该有新斯波林药膏[①]。”我们在海岸停下，走到餐厅门口才发现门锁上了，餐厅关门了。你走回车旁，把头埋入手中，深呼吸了一下，努力说服自己接受生活无常的本质。你的神情让我想到了摩西，每当他以为自己成功了，比如将伞变成蟒蛇，法老的术士就会无情地打破他的幻想，凌驾于他之上；也像梅尔·吉布森[②]看到《勇敢的心》[③]的海报时，满脸的失望。我轻抚你的背，说：“真遗憾，亲爱的，我知道你饿了。”你从回忆中回过神，说：“二十三个小时前我只吃了半个水果馅饼、喝了瓶阿姆斯特淡啤，我觉得自己现在就像个亡命之徒。”我说：“哇哦，别哭。”你说：“该死的，我没哭。”

你加快油门快速驶离停车场，咕哝了一句，听起来

---

① 治疗烧伤、割伤、刮伤的抗菌止痛药膏。

② 梅尔·吉布森，美国男演员、导演及制片人。1995年凭《勇敢的心》获得奥斯卡金像奖及金球奖最佳导演。

③ 派拉蒙影业公司出品的战争片，由梅尔·吉布森执导，梅尔·吉布森、苏菲·玛索等主演。

像“购物中心”。又行驶了二十分钟，我们停在一家餐厅前，这家餐厅也关门了。你终于意识到了一个可怕的事实，所有餐厅都关门了。你把头盔扔到碎石路上，愤怒地挥了一下拳头。你咆哮一声：“我快饿死了！我饿得都想吃下这辆机车了！现在薯条对我来说就像氧气那样重要！我愿意用所有东西去交换一块墨西哥炸卷饼！”我稍微走远几步，以免惹到你，这让你更不高兴了。然后我们回到机车上，你大吼一声，去市中心！我急忙戴上头盔，但是因为太过匆忙，头盔戴反了，像伊卡伯德·克莱恩[①]那样。我突然什么都看不到了，而且只能从头盔上的一个眼洞中呼吸。我没有重新调整头盔，怕被你甩下去。我死死地抱着你，在机车的轰鸣声中大喊“我需要空气”。但你以为我是在安慰你，你大声回应：“别担心，我们现在去的地方有你想要的超值套餐，你想吃什么都行。”车速慢慢降低，驶入停车场。在失去意识前，我赶紧调整头盔。

---

① 短篇小说《睡谷的传说》的主人公，贪婪、迷信、自负、懦弱而又愚蠢，相信鬼怪巫术和无头骑士的传说。晚会后克莱恩独自骑马回家，在小河边同无头骑士相遇，被骑士用手中拿着的头打昏倒地。从此他再也没有露面。次日人们在桥头发现了他的帽子和一个碎得稀烂的南瓜，以为他已死去。

你欢呼道："真是上天垂怜，这家餐厅开着！"我向你竖起大拇指，在头盔下呼地吐出了一口气。车身倾斜着驶入停车位，你太急切地拉着我，我不小心戳到了自己的肩膀。但是我很高兴终于能摘下头盔了，视线恢复清明，各种物体重新映入眼底。

为了能让你快点进餐馆，我踉踉跄跄地跨着步子走。我们走进餐厅，餐厅老板关切地看着我，说："晚上好，女士，您还好吗？"他盯着我那被风吹得僵硬直挺的头发看。我被你拉着边向一张餐桌走去，边回答说："是的，我很好。"服务员来了，我们开始点餐。我感觉小腿处好像有什么东西，于是拿起桌上的蜡烛看个究竟，却发现腿上的灼伤有健达出奇蛋[①]那么大块。我说："亲爱的，等我一下。"然后拖着腿走到柜台处，却忘了西班牙语里水泡该怎么说。我用西班牙语磕磕绊绊地说："先生，我腿这儿很热，里面化脓了，被男朋友的机车烫到了。"但他没听懂。我干脆把腿放到板凳上，指给他看。看到灼伤后，他一脸同情。几分钟后，我一手拿着新斯波林药膏、一手用冰袋捂着腿，瘸瘸拐

① 巧克力外壳包裹玩具的一种蛋形零食玩具，比普通鸡蛋稍大。

拐地回来了。你现在神志清醒了，我发现我也饿了，但是你已经吃光了所有薯条。

因为腿上的伤口，以及得益于文图拉高速公路上的音障，我们周身的氛围很安静，但这份安静被上餐的服务员打破了，我开始有点头晕。你看了眼我的餐盘，说：“亲爱的，你点的餐真好。”你伸过手来蘸我的鳄梨沙拉酱，都没有看看自己的餐盘。我看了一眼你的餐盘，你点的和我差不多，你也有鳄梨沙拉酱。我停下所有动作，看着你拿薯条蘸我面前的鳄梨沙拉酱，我说：“你面前那是什么，看起来很好吃。”你都没有抬眼看我，继续吃我面前的食物，我很生气，感觉自己身处雾中，好像走进了白蛇合唱团[①]的录像里。我急切地想挣脱所有束缚，眼睛盯着天花板，将手中的叉子刺向你再次伸过来蘸酱的手。叉子刺入你手的上半部分，有人曾告诉你，按压那里可缓解头痛。然后，我拔出叉子，神情恢复如常。虽然我的情感意识还没有完全恢复，但是还知道自己的名字，也能说出《来自地狱的蝙蝠》[②]里面的几句台词。你盯着自己的手看了一会儿，又看了看我的食

① 1977年组建的英国乐队。

② 1966年由英国广播公司制作的惊悚电视剧。

物，温柔出声：“哇哦，你真血腥。”你靠着椅背坐回去，笑了。你说：“宝贝，新斯波林药膏呢？”我说：“一定是被我弄丢了，你去柜台那里再拿一支吧，顺便再点一份鳄梨沙拉酱，你那么喜欢吃。”

你手扶着我的后背，站起身，你说我的腿应该放进博物馆。我笑了，但并没有抬头，因为不想抬起头看到就在这一秒由现任男朋友沦为前男友的你，所以我把注意力放在啤酒上，用纸巾擦掉叉子上残留的一点血迹。我想了想啤酒这个词在西班牙语中的发音，然后觉得即便是和食物相关的词语，用浪漫的语言说出来也会更好听。我低头看了一下腿，想起来这是这一年里的第二块伤疤了。二十年后，这两块伤疤将还会存在，像长着轻微小雀斑的老鼠耳朵。直到现在，我还怀疑你到底是不是个好人，也许当初是我不够了解你。也是因为这个原因，很多人会触及我那些或有形或无形的伤疤。

亲爱的指导老师

遇见你之前，我偶尔能钓到鱼，但还不太会装鱼饵。

你在排练室里教的所有技能都很适用。你不仅教会我如何钓鱼，也教会我如何生活，你说“我们继续讲解上次发生的情况”或者“从你知道如何操作的地方入手”再或者“别期待有回应”。

一起排练的第一周休息时，我们坐在外面。你问我：“如果晚上失眠，你会怎么做？”我发出一阵咔嗒咔嗒的声音，自以为这样很有趣，然后说：“我觉得她是这种人……”

我继续说着，但你好像不太理解某些内容。你的脸离我很近，我现在还记得那天我们在院子里是朝着什么方向坐着的，所有这一切我都记得。你竖起食指，上课时你的上半身做出打旋的动作，同时也会用食指打手势，像个孩子在用手指缠着嚼过的口香糖玩，也像一个戴着耳机的、向正在打电话的你示意用手挡一下话筒小声点的家伙的动作。我不知道那个动作是什么意思，但一直都觉得这个动作很可爱。作为男人，你的手指不是很长，几乎还有些纤弱，但你海盗般黝黑的面容以及黑色卷曲的头发使你散发出一种异国情调。如果是在巴黎或者佛罗伦萨见到你，报班前我一定会问你是否说英语。

我漫谈着，你配合地点点头。我的声音逐渐减弱，你说："嗯嗯，这样不会有问题吗？但是我在把某人归为'某类人'之前，会先好好思索一番。"

我把身体的重量放在一只脚上，一只手抵着砖墙，靠在那里听你说话。听着自己知道却因为不够明智无法说出口的话是一种谦卑的感觉。我不知道如何表述才合适，因为以前从没有人像你这样自信地分析。你只需解释一次，我就会把它当作格言。在我眼中，你手里握着碑碣和火炬。

我们有很多时间待在一起，这让我觉得自己很幸运。几年后，我遇到了问题需要帮助，我打电话给你，希望你能过来。但你病得爬不动舞台后面的楼梯。演出结束后，我去你的座位那里见你。你慢慢地站起来，说："我觉得我知道你的问题了，现在可以解决了：你一直嚷嚷饿了，面前放着甜甜圈却不吃；你一直嚷嚷冷，却脱掉大衣扔到地上。"

都是些显而易见的事情，我却直接忽略了。我非常后悔，极度自责，但你鼓舞了我。你那么虚弱，却鼓励我抛开自责的鬼话。我重新回到剧院，解决简单却急切的生理需求。我吃了甜甜圈，舔干净手指，不放过一点碎屑，吮吸手指像在吃美味佳肴，把纸巾里的星星点点也倒进嘴里，生怕漏掉一丁点。我清点了一下零钱包里的便士数额，然后又数了一遍，防止错把五分镍币当作便士，看看这些零钱够不够再买一个甜甜圈。我把自己深深地埋进大衣御寒，大衣遮住了脸的三分之一。直到房间里暖和了，我再离开座位，将手从口袋里拿出来，脱掉外套的感觉就像蜕掉了一层皮。钞票是最基本的，基于生存的需求，它们给了我内在的驱动力，使我十分冷静。我能感受到身体内的马达正在运行，准备加速前进。

你用假象般的简单解释一切，如果换作一个不太有魅力和信赖度的人这样说话，他的意见可能会被忽视。起初我并不是完全明白你话里的内涵，也许以后慢慢会明白，也许永远都不会明白。但是尽管这样，我还是相信你。你在剧院里踱步，身上散发着无可争辩的神圣的光芒。

你朋友米歇尔来医院探望你，他很吃惊你竟然进了重症监护病房。米歇尔伸出手："你还好吗？"你抬了一下眼皮，用尽所有力气说了句足以让我一口喷在可丽饼上的话："嗯，显然不好。"

在那个时候，重病特别护理对艾滋病患者而言往往意味着死刑，立即处决的死刑。我猜那天晚上，你的病房里一定有很多人，凯文和你母亲在和医生交谈，黛比躺在床上跟你聊天。有人和你说说话，你也许就不会那么紧张了。她注意到你在模仿她，她刚说完："莉莉从得克萨斯州飞回来了。"你就跟着重复了一遍。她说："拉尔夫在公园里赶走了一条狗。"你一字不差地跟着说了一遍。你就像个复读机一样，重复她说的每一句话。好吧，打开天窗说亮话，你有时候也挺调皮的。黛比有些恼怒又有点害怕，她不知道你为什么要模仿她说话，尤其是现在你没有多少时间了。她努力保持镇定，努力不让眼泪流下来，她问："你为什么学我说话，我不停地讲话让你烦了吗？"

你温柔地说："不，我在找你说话的韵律，我想抓住你的呼吸。”

你希望有人能跟上你的节拍，因为有时候你不得不独自前行。即便是你喜欢的声音也没用，他们只能跟在你身后，而你在按部就班地前行。

她还在说着，你跟着重复。大概是因为你知道了什么才能真正永存，知道了你最终能守住的又是什么。

亲爱的小情人

“为什么就这么结束了，你为什么离开？真相是什么？什么是盲目的爱情，我不知道，也许爱情就是真相，而真正消失的其实是爱情中的那份盲目。”

我们分手后，你写了上面的那段话。

你说得对，暂时的盲目是有用的。如果人一直被众星拱月般地生活，一直行色匆匆，我们又如何能够注意到身边的事物？

被你注视是一件幸福的事，你那么年轻。我们会花上几个小时讨论我们的年龄差。

“我Q岁的时候，你才N岁，这个差距会一直存在，真糟糕。”我会这么说。

“但是等一下。”你突然坐起来说道，“当我P岁的时候，你才M岁，这样看来还好，对吧？”

我努力想了一下：“也许吧，但那时你还是没有独立的经济能力，没有属于你自己的家园。你现在长智齿了吗？”

你会向我号叫，并作势威胁，怪我破坏了这个想法。

我用手指示意了一下：“也许你在这个年纪时，我们年龄差会不那么明显，但那会儿估计我得坐轮椅了。”

“那又怎样，我会推着你走的。”你在我身旁躺下，转过身来搂住我，手轻轻搭在我后腰处。

我让你来丹麦，于是你背着背包、带了本莎士比亚教科书出现在我面前。丹麦真好，我们看起来年纪差不多，所以那里没有人知道我们的年龄差距。我们在公园里嬉笑打闹，在宾馆电梯里恣意撒欢。我们就在宾馆电梯里放纵，我说：“向下！”但你不在意是否有人要下电梯，因为你正忙着脱衣服，你也不在意我们是否会被发现。你猛烈地撞了我一下，我哀号一声，滑向一边，后背撞上了呼叫按钮。一向忸怩作态的我在那一刻特别希望被人发现，那样我就可以说：“有什么关系，谁在乎呢？”我思忖着，谁在乎我和他躲在外面，谁在乎你是否爱我，谁在乎你那么年轻——我们又没有违法。可惜这样的两个月无法再次拥有了，我尽情享受这段时光，彻底放纵自己。来吧，将我的常规生活撕得粉碎。墨守成规的生活不总是尽如人意。

你到丹麦的那天，天气温暖，我也不用工作，于是我们去了公园。之后我们回宾馆，风吹着宾馆前的国旗啪啪作响，也将我的裙子吹飞起来，你抓住我的裙摆，将它往下压。前一秒，我们还在公园的长凳上嬉闹，这一秒你就化身成了骑士。将来的某一天，你会成为这样的人，你会压住女士在风中飞舞的裙摆，到那时，你可以在任何国家买酒精饮品了。我知道自己看不到你变成老人戴着眼镜读报的模样了，这个模样只能在我的想象中偶尔闪现。我们走进宾馆，你说："我想在昂贵的汽车里睡你，也想在廉价的汽车里睡你。"

我们消闲地躺在床上各自看书，像两个老人。现在我才意识到，那时我也很年轻，只是你更年轻罢了。

临近午夜，我们醒了，起床打了辆出租车去酒馆。在出租车上，你继续说："根据量子力学，我们永远不能完全到达某地，我们只能在两点内移动。"我说："这是不是意味着一旦我们下了这辆车，就要步行了？我很累。"

你说：“不是，听着，如果我在这儿，你在那儿，我可以朝你走去，但只能走我们开始起点的一半距离。”我说：“好吧，还有多远，我饿了，你可以等会儿再比画。”

我们会和一群怪人坐着画天气图表。我们在你母亲家腻歪的第二个月，你母亲给我们拿来了水彩笔，我们坐在她从芬兰买来的木桌旁，那时你还年幼。她给我看你小时候的照片。我们晚归时，她会在我们枕头上留下诗句。我说：“为什么在这里我的脚一直很冷？”她说：“哦，不，你袜子穿得有问题，坐下。”她脱掉我的鞋袜，重新穿上，她的手停在我脚的上方，说它们像舞蹈家的脚。我们坐在一起时，她轻轻地拍了拍我的头，尽管我更高一些。她很喜欢我，把圣诞装饰递给我时，她说：“我从没体会过有一个女儿是什么感觉。”当时我觉得这话听起来很奇怪，但是现在仔细想想，这话似乎一点都不奇怪。

我们点了啤酒和比萨坐在外面，比萨一口未动，我们都没有胃口，因为你明天要离开了，我们的关系也就告一段落了。你问我是否有那么一丁点的想法，觉得我们可以继续下去，或者以后再在一起。我说：“有。”然后你说：“好吧，这是不是那种所谓的我们没有在一起，所以不管最终和谁在一起了，我们都无法真正幸福。”我无法回答这个问题，因为我不想再一次说谎了。

你离开了，两天后我们通了电话，那时我在爱尔兰，或者在比利时，我记不清了。我们聊了两个小时，你是否还记得，大多数时间你都在恳求我念那首我写给你的诗。我一直在拒绝你这个请求，那首诗不是用来表演的，而是要你双手拿着亲自阅读的，我不会代劳。

你恳求着，哭起来了。我说“停”，我说“你记不记得你说过，你可以尽情在我怀里哭泣的话，或者其他相类似的抑扬顿挫的话，你听起来就像一个穿着紧身衣拿着弓箭的家伙”。你说：“是的，是我，但是别把我记成那个样子，我已经不是当时的我了，我长大了。”当时说的话现在听来真是尴尬。“谢谢你。”我说，“你闭嘴，我给你读首诗。”你说：“我爱你。”我说：“闭嘴。”但我知道你爱我。我告诉过你，你都知道，好吧，我试着读诗给你听，听着。起初，我的声音有些僵硬，但是我开始读你的诗了。

读到冒犯性或有刺痛性的词，你长长地呜咽一声，我停下来听着，之后努力读得更好。我们最终打了起来，但我们从来没有真正动手打过，大多情况都是相互恳求或朝对方大喊大叫，最后有人笑着擦鼻涕，之后是性爱。但是那晚我们反反复复，最终我也哭了。我说："已经凌晨三点了，我不记得现在所在的时区，也不知道早上要用哪种语言要咖啡，两小时后我要穿上紧身胸衣，我求你，停下吧。"

我到家时，有一封信抵达很久了。

信的开始全是我们还未发生的将来，一个小女孩在问我问题。这个女孩，你说是我们未来的女儿。

信的第二部分是意识流。你写了各种可能的设想，痛骂时间、次序和我现在深受折磨的种种，是的，我现在还深受其害。

在信的最后，你写道："这是我刻入月亮、埋入地表的话，听着。不管是街道还是天空，你都会听到我的存在，因为我会一直在你左右，抱着你。晚安。"

亲爱的“诗人”

回到临时寓所，我清理完地毯上的几处污渍，这时，手机响了。我猜可能是索伦打来的，于是立刻扑过去接了起来。我仍然清楚地记得他当时说了些什么，他说他找到了一个有车的人，他们一个小时后过来接我一起“去星形犁酒吧喝点啤酒，听我朋友唱歌，以便让你有机会爱上他”。他最后说了句：“这样我们就都可以享受生活了。”

我们进去的时候，酒吧里的人不多。我只依稀记得那里有一个飞镖盘，但对你的印象却很深刻。我以前从未见过像你这样头和身体按照不同的方向却又无比和谐地在舞台上舞动的人，当时放的音乐是《它是否会舞动起来》[1]，你跳得七零八落。

音乐结束，你坐在舞台边呷了一口啤酒。你向索伦打了个招呼，我努力让自己看起来对你毫不在意，因为你已经吸引了我的注意力，而且我对你有些莫名的怒意。怒意这个词似乎不太恰当，但我确实想踢你屁股，再给你颗“甜枣”——比如开你的车载你去点心店，买一块香蕉面包。这是我对你的仰慕和爱恋，你的声音让我卸下武装、溃不成军，让我想搞破坏，让我想接吻。

演出结束后我们在停车场又相遇了，我告诉你我喜欢你演绎的“弗利纳”。你很亲切，但比我预想的要寡言少语。天渐渐黑了，但你的眼神和声音一样深情，它们是寻常的蓝色，却散发着别样的光彩。蓝色容易让人想起诸如制服或者纽扣这样简单的字眼，但这种颜色的眼神回视过来却很有新鲜感。它们不是普通的颜色那般简单，也不像时间长河里的一个小时那么平凡。

你是否还记得接下来的那个周末，我们一起去了伯克利，去了你父母家，听音乐直至凌晨？我们讨论了诗歌，

---

① 1972年由比利·普雷斯顿发行的一首单曲。

我所认识的人中，喜欢希尔达·杜利特尔[①]和卡罗琳·佛雪[②]的并不多，但你却喜欢。那天晚上，我坐到了索伦点燃的香烟上。他为什么偏偏把点燃的香烟放在那儿？我还记得那灼烧感，却假装一点感觉都没有，还和你坐在沙发上接吻。回家的路上，我想停车去买个创可贴，但是我们都没钱。

八年后，你在体育场演出，我也能买得起急救箱了。拍摄完音乐录影带，我回来了，你和你乐队大多数成员都在宾馆房间里，叫了客房服务，点了昂贵的香槟。那晚，我们把迷你吧里面所有糖果都倒在半岛酒店房间的床上，一人一块地吃着，听你说着你正在约会的女孩的故事。我发誓说，我一定会给你找个更好的姑娘。接着，我们就枕着一堆包装纸睡着了。五年后的那天，大众对我的表演恶评如潮，你穿着长袍在宾馆房间里追着我跑，大声地读着那些尖刻的评论，我严严实实地捂住双耳。“我们来揭秘。”你大声喊，“你最好听听这些评论！这个人真蠢！他写的这是什么东西！”之

① 美国20世纪最伟大的女诗人之一。

② 美国当代女诗人。

后，我坐在沙发上哭了，你为了让我好受点，开始讲自己曾受到的种种攻讦。我当时差点嫁给了你的朋友，但是这件事情发生后，我放弃了。

我不会忘记那天晚上，在一家餐馆，你察觉到我的状态不对，因为那时候我诸事不顺。“我们走吧。”你说着，把我拉起来带回了你在街角租的公寓，公寓楼梯通道逼仄。在我最艰难的时候，你真的搬到了街角。接下来的几个月你要出远门，但会不定期回来，你想在我需要的时候陪在我身边。

站在楼梯下准备爬楼梯的第一天，我就知道楼顶有一个很关心我的人。为了我，他将零零散散的音响设备、数不胜数的演出海报和高档炊具搬到距离我几步远的地方。我爬到顶楼，你正在整理东西。你说：“嘿，我有没有向你炫耀我这个里基・李・琼斯[1]私货？”你一只手里正握着张CD，另一只手里拿着外卖单。贾斯汀也在，他将脖子伸出窗外，朝外卖小哥大喊：“是浓汤和汉堡吗？你不用上来了，我下来拿。你就待在那儿。”

他把头从窗外伸进来，看着我说：“嘿，宝贝，你能

① 美国创作型女歌手。

相信外面下雪了吗？”

“太棒了。”我说。

“宝贝，我知道你会说自己不饿，但我们为你点了餐。”贾斯汀边下楼边说道。

“香草巧克力奶昔，对吧？”你说，将扬声器拿开让我坐下，“我想我知道你喜欢什么。”

我们坐在窗边。视线越过公园，我发现如果不是因为中间隔了建筑物，我们可以透过各自公寓的窗户向对方挥手。我们看着雪，看着在马克道格大街冰面上小心翼翼走着的行人。雪那么纯洁，纯洁得没有人对它有微词。十多年过去了，过去的我们不知道现在的我们会在哪里，但我们开始明白一切都不可预料。我们以为的命途注定多舛是大错特错的想法，我们都活得还不错。我们仍会看到彼此或破灭或实现的梦想，仍会为彼此留有一席之地。

亲爱的刻尔柏洛斯[①]

这是一个太过于沉重的过去……

现在，我要向你们三个讲述这个凄惨的故事了。在我所有亲密的爱人里面，你们是最差劲的。你们害怕了，显得畏畏缩缩。你们好[②]！还记得我吗？

我就是那个女孩，沉默地坐在曼哈顿上东城[③]的公寓客厅里。你们中的一个扯着我的头发把我从沙发上拉起来，趁着这个机会，你的老婆跑去拿了一些开心果，是不

① 传说中的冥界恶犬，作者将前夫比作这种恶犬。

② 原文为日语。

③ 指美国纽约曼哈坦约六十街以上、中央公园以东，是一块黄金地段，涵括了这个国家最高密度的人口，同时也是最大财富集中地。

是这样？我用手指摸了摸头皮，竟然摸到了血迹。你沉声说：“闭嘴！别说出去！”你是不是这么说的？

别害怕，这并不是谴责。你们也不想想，是谁容忍了这一切？我在说给你们听，同时，也是说给我自己听。

我从不相信结局会存在着绝对的喜剧与悲剧，所以我和你们的关系才维持到了今天。这就好比你有一副雪橇，但你知道，你不会再使用它们了。也许你从来就没喜欢过滑雪，但是你很享受做一个会说出“我周末要去滑雪”的人，所以你坚持滑雪，哪怕呼啸的寒风会吹伤你的皮肤。把雪橇存放在地下室并不奇怪，起码还可以用来怀念一下那个口是心非的过去，更重要的是，它们时刻提醒着你“我终于不用再去滑雪了”。

醒醒吧，我已经听你说得够多的了。你说了那么一堆毫无意义的废话，而我一直在听。

就我的现状而言，我可以做任何事。我的人生已经过了五十个年头，是个名副其实的老太婆了。所以，现在，我要把你们变成——一只长着三个脑袋的癞皮狗。

你是刻尔柏洛斯，看守地狱大门的三头犬。同样，我也在这个故事里。我会为这部迪士尼动画配音，做一个与你相隔不远的讲述者。每当有蜂鸟落在我身上，或者一个喝了野格酒[1]的小矮人从我面前悠闲地走过，你将会听到我的声音。如果洛福斯·温莱特[2]有空的话，他会唱主题曲。

别嘶嘴，仰慕你的人不少，诸如那些会给罪犯们写一些辞藻华丽的信的女人。她们会写“做得好”，信的末尾还会贴上一个大大的笑脸。

舒服点，拿瓶酒，点一支雪茄，蜷缩在那张老旧的椅子里。你会发现自己变成了这条怒犬的三个头中的一个。准备好了吗？你虐待我。你知道你是谁。

曾经，有一个女孩，追求时髦，总爱异想天开，有点婴儿肥，唇形动人，整日游荡在东村[3]，自诩是个总在期待发生点什么的缪斯。

她就是我。

一个午后，我在春天街喝了杯汽水，休息了一会儿。我拉扯着芭蕾舞短裙边，盯着被扔弃在路边的沙发。那时，你就在那里，眯着眼睛，没有吠叫，嗅着空气。在我

---

① 野格，也称圣鹿，是一款啤酒的名称。

② 加拿大裔美国创作歌手。

③ 位于纽约曼哈顿，曾经是朋克根据地，为众多挤不进或租不起西村的落魄艺术家、音乐人、舞者提供暂时的栖身之所。

蹲下的时候，你抬起头向我致意。

我说："天啊，你真可爱！"

我想抚摸你的毛发，却担忧地把手停在你头的上方。我知道，你需要陪伴。"去我那里吧。"你这样说着，把头枕在我的腿上。我的头脑开始犯晕，你说："跟我一起回去吧。哪怕日后我们即将分离，我也会永远思念着你。"

那晚，我搬进了你的笼子，那里空间很大，足够我们日常生活，这使你很快乐。我发现，我有可以让你开怀大笑的本事——你会笑得前仰后合，然后把我拉近你，亲吻我的额头。我们看上去就像是小报偷拍的绯闻照片里的情景，所有人都盯着我们看。我好像出名了，我一直都想成为这样的女孩——她有一条十分喜欢她的小狗，每个过路人都会看她一眼，心生艳羡。这种感觉太棒了！当你用爪子轻轻抚摸着我时，这般甜蜜会让所有人都陷入同一种忧伤中：为什么就没有一个人可以这样爱慕着我呢？

一个晚上，你给我带回来了一双黄色的袜子。我穿上它，跳了一段舞，你叫得欢天喜地。你说，我就是你的最爱。偶尔你还会去你的医疗师那儿，我就趁着这大把时间阅读。你的治疗师还私下里给我打电话，告诉我要让生活更有趣。她说："微笑是会传染的，指引他通往快乐！如果你心情阴郁，那么只会徒增害处。"我说："医生，你可以相信我。"她说："什么？"我说："医生，我可以做到！"她说自己临床诊断为耳聋，我只能听她说话，而不该跟她说话。

又一个晚上，你把我叫到办公室，眼神冰冷。我想靠近你，你却说"亲爱的，我是认真的"，于是我只好站在角落。你在重播答录机里的留言，里面有来自其他狗狗的留言，包括"嘿，我进城了，记得联系我"，或者"嘿，我的房子烧了，请回电"，或者"你好，这是药店回给您的电话，有事请来电"。不管是什么留言，你都会看着我并指着答录机，等着我说"这条可以删掉了"。接着你会删除留言，我们就站着听因突然被掐掉而音调陡然升高的嘈杂声。我想知道为什么每个人都是一样地加快语速，急切中夹有轻微的歇斯底里，像卡通老鼠准备葬礼的响动。结束以后，你轻拍我的头，说了句"一会儿就回来"，接着就摔门而去。

我来到另一个房间里，坐在床上，止不住地颤抖。上床入睡前，我站起来说了一段祷文。以前，表演完歌舞杂耍后我就直接和你一起钻进被窝，并没有时间祈祷，那会儿上帝太忙了。

两周后，你回来了，一言不发，我想从你脸上读出点什么，但你甚至不愿看我一眼。我们外出时，我尝试驱散酒吧斗殴、结束同加油站服务员之间语义不达的交流，我来到你最喜欢的餐厅，穿着时髦的新衣：黑色皮背心，配上褐黄色紧身马裤，臀部两侧缝着荷叶边，像一对包臀的括号，引人遐想。这样的穿法既新潮，又有趣，但是你铁青着脸，扯着我的头发把我拉进洗手间，按着我的鼻子把我推向镜子："看看你！就像个荡妇！"我说："哎哟，我的头发！"你吠叫道："亲爱的，不要再寻衅滋事了。"然后你开始猛地拽我的裤子，"别误会，你只是看起来很性感，比以前都性感，但这样的裤子配不上你。"你一边拉扯着我的裤子，一边从后面撞我。这时，一位女士从一个隔间出来说："咦，你不就是那条狗吗？"你咆哮道："夫人，给我们留点私人空间行吗？"她说了句对不起，灰溜溜地出去了。你把毛衣扔给我，轻声说："自己穿上。"然后也溜了出去，留我独自在洗手间里，盯着镜子中被扯下裤子的自己。如果你的方式正确，这一切或许还可以接受，可惜并不是。

我回到席位上，那儿只有男人们了。

我说：“嘿，我朋友们没来吗？”你指着餐厅外，大街上站着我的两位抱头痛哭的女性朋友。“我能感觉到，红头发的那位不喜欢男人。”你耸耸肩，“至于金色头发的那位，太出格了。”

我把头垂到桌子上，眼睛差点碰到了橄榄油。我不用抬头看就知道那些女孩会回来。她们果然回来了，跪在你的椅子旁乞求原谅。我看到你的手放在其中一个女孩背上，手指画着小圈圈。我口干舌燥，我说我累了，但没人听见，我起身离开，也没人说再见。

我步行回家，走到办公室，毫不客气地把你桌子最上方的抽屉取下拿到卧室，我把东西倒到床上，仔细检查每一张纸。几秒后，我心想，哦！我寻思，天啊！我琢磨，啧啧！我感慨，哎哟！

有一张卖给你那双黄色袜子的售货员写的便条，提醒你应该洗一下袜子，因为在试衣间给你试穿时弄脏了。你好像还在游乐场遇到了一个十三岁小女孩？她妈妈的律师为你给她做的整形手术写了感谢信，里面还有裸照，手里拿着一只胖鼓鼓的长颈鹿（裸照是她母亲的，不是她的）。遛狗人亲切地写了你的事迹（这几乎使我变得和你一样，你可能会因她枯槁的胳膊而变得厌恶女性）。还有一封来自荷兰女孩的信，来自法国女孩的信，来自尤卡坦半岛[①]女孩的信——上周你因慈善事情待在那边。你和一个秃头女孩在海地木筏上的照片被我撕掉了。

我太累了，都没什么力气生气了，也无法将《小小世界》[②]的主题曲从脑海中移除。至少，我不会再毫无保留地奉献了，可以大松一口气了——嘘！

我离开时，你还在工作。我得承认我拿走了你喜欢穿的那件绿毛衣和压蒜器。我跑进电梯时，你的房屋管理人伤心地把手垂在两侧说："哦，你别这样，我希望情况会有所不同，但她们总是哭着离开。"

几年后，我把你叫了过来。第二天，你来了。有关你的犬科的身份总是有些传闻，但你太完美了，这些传闻都不像真的。我们晚上外出，回家后急切地躺进被窝，急切得都有些尴尬，对彼此舒适的皮肤都有些惊讶。

我们裹在被子里看《兔八哥》，我们吃炸鱼三明治、喝几口龙舌兰酒，同时把脚浸泡在厨房水池里。两天后，床就像犯罪现场一般，但我们仍然待在床上。除非有人要

① 中美洲北部、墨西哥东南部的半岛，位于墨西哥湾和加勒比海之间。

② 1964年由迪士尼制作的经典儿歌。

去看牙医或有陪审员义务，我们才会下床。我身上满是瘀伤和牙痕，而你的后背看上去就像被浣熊攻击了一样。我打盹时，你给我写了封信，我转头时被纸张挤压的声响给惊醒了，枕头下有一个信封。

之后你的包裹到了。

你说男性的生物钟是规律的，我说大胆尝试一下吧。

你说不要熬夜，我说不会的，先尽情狂欢吧！

第二天早上，我知道你睡过了，误了早餐和中餐。我很饿，但如果不和你一起吃饭，你会很失望，所以我等你了，用放在豆袋椅上的猫咪摇篮打发时间。

你那边传来咝咝声，像暖气片开着发出的声音，我立刻走了过去，看到你的肩膀抽搐着。我吓得退了几步，十分惊恐。你脖子那里的浴袍被拉下了，冒出来另一只湿湿的黑色狗鼻子，接着慢慢露出了眼睛和耳朵。我飞快地眨了几下眼睛，你枕头上安放着我几年前逃脱的癞皮狗的头。你们俩坐起来，看着我，那张新面孔打了个哈欠，绵软无力，它摇摆着，喘个不停。

它是你的替补？昨夜痛饮和狂欢已经让你筋疲力尽，所以你邀请了第二支小分队？我不想表现得太夸张，所以故作轻松，对另一个脑袋视而不见。

我轻轻地问：“我的眼睛里进东西了吗？”

你说：“过来，我没有透视眼。”

我睁大了眼睛。

“你眼睛很好，里面没东西。”你躺回去，调整了一下另一颗脑袋，没有再说话。

我努力不去盯着你的眼睛看，但它们的确变得不一样了，使我想起漏油后浮出来的泡沫。水和化合物混合不一定就意味着结合成某种明确的物质，你说昨晚简直是你管理地狱那些日子的重现，你叹了口气，说：“那些曾经存在的过去。”

我说：“我相信！”我的胃泛酸水了。接着我又说：“嘿，我要去药店，你需要带什么吗？”

你含糊地说：“还要一支牙刷。”我停在门口，转过身来，但你几乎又睡过去了，只是其中一只新眼睛对着我眨了眨，那只新鼻子在你耳边低语了几句，你的眼泪洪水般地涌出来。我没能听懂每一个词，你结结巴巴地说我总是忙于工作没时间陪你，说你没得到足够的尊重。在你哭的时候，那个原来的或者新的脑袋动嘴唇向我示意：“去你的，小山雀。”我试图让你平静下来，给你做了烤芝士，轻揉你的双脚直到你渐入睡梦，你的两颗脑袋都发出鼾声。

第二天，我进来试穿新派克大衣[①]：“我们去迪拜吧！”我握着头等舱的票和印有室内滑雪教学场地的酒店手册欢呼雀跃，我都安排好了。你说：“厉害。”

我们回来一周后，你们俩都生气了，我急忙寻找解决办法。

“谁想去度假牧场？”我穿着牛仔靴背着倾销袋，扑到你腿上。我给你的种马迪格拍了张照片。一切安排妥当了。你说：“厉害。”

回来途中，在机场安检处，你依依不舍。你想念迪格了。

“谁准备好去印度和苦行者待上一周？”

“厉害，我需要付钱吗？”

“哦，呃，你可以给夏尔巴人[②]小费。”

“应该给多少？”

“我们可以商量一下。”

“厉害，我妈妈可以去吗？”

---

① 由军装变形而来的时装，元素是军绿、肩章、贴袋。

② 夏尔巴人，藏语意为“来自东方的人”，散居在喜马拉雅山两侧，主要在尼泊尔，少数散居于中国、印度和不丹。

从印度回来时，你情绪崩溃了，说你总是围着我的生活打转。“我得回归自己的生活了。”你说，“我想让我的家人们过来玩。”我说：“当然可以。”不过有点困难，他们几乎不会说英语。而且每当你看向别处，你哥哥就会捏我乳头。你姐姐会坐在我那饰有内战图案的被子上放屁，还称我为恶心的女权主义者，虽然她说得没错，但还是让人很难接受。你妈妈说我的气质过时了，说我应该去洗手间跳几下，我确实这么做了，不过是为了让空气流通，因为你开始掌控恒温调节器。你说你需要画油画，所以需要低温，否则无法触及灵魂的寒意。我说：“我确信即便是在热浪中，你仍然可以触及那抹寒意。”你说：“别那么无礼。”我说：“抱歉，但你好几个月都没画过了，而我手指都冻紫了。”一个午后，我偷溜进卧室，调高了温度，但你的第二颗脑袋打了小报告。你快步走到房间中间，吹响了口哨，边鼓掌边跺着一只脚，我单脚跳着，心想，哦，方块舞[①]好酷！你并不喜欢跳舞，但你先开始并引领大家跳，你说：“在每一天的末尾，每个人都要记住你们是在我家。”

① 最古老的美国民族舞蹈之一，由几种不同的团体舞蹈演变而来。

这让我怔住了，因为这房子是我签支票买下的，花掉了我所有的积蓄。

你说："这个家由谁掌权？谁比我工作更辛勤？"

我说："嗯，是我，是我。"

我说："请出去，包括在客厅的那些亲戚也都请出去。"

你说："我正准备走。"

我说："是的，我是要求你这么做的。"

你说："我这就走了，一旦走了就不再回来了。"

我说："是的，如果你喜欢的话，你可以把这当作你自己的想法，赶紧走。"

你说："这是不是意味着我不能去夏威夷了？"

许多年飞逝而过，我有了两个孩子，相较之下，当初的浪漫爱情显得十分愚蠢。孩子们需要我，这份需要更有意义。

一天晚上，我泡了杯茶就进了书房，你就在那里。你在打电话，看到我时，欢欣地挥手。你握住听筒低声说："等一下，我在和总统打电话。"然后给了我一个飞吻。

我问："你是谁？"

你抬起手，低声说："抱歉，再给我五秒钟！"

我呷了一口茶。你看起来很眼熟，但我不记得在哪里见过你。你挂掉电话，信步走过来。

“我现在在一个很不一样的地方。”

我问道：“从什么时候开始的？我认识你吗？”

你把手指放在我嘴唇边让我噤声，并说：“我保证不再那么糊涂了。”

渐渐地，我都想起来了，你就是那个家伙！几年来，你渐渐渗入我的私人领地，拖我后腿。是的！就是那个掌握足够词汇可以进行低劣模仿使人千疮百孔的家伙！我们曾一起旅行，之后你就消失了；然后我们又一起旅行去了，之后你又消失了。我封锁了大部分记忆，现在的你似乎很完满。

你脸微扬，说：“我觉得我们可以努力完成这些事情——结婚，生子，所有这些。我在意大利租了栋别墅为你庆生，我为这别墅投标，然后中标了。你去不去？”

我说：“我想应该去吧？”

你门牙缝里有一个小扁豆。你稍稍倾斜，说：“这里就像我的家，肉欲的家。”

你的话让我恶心想吐，我举起手捂住了嘴。你说：“你还是那么敏感，一直都是。”

我想，真是奇怪，他的话听起来就像是有人把他写进书里了，像给我装了一只我并不需要的假体胳膊，或给了我一片玩具菜园。

我们慢慢地走着。你出现在大家面前，优雅地应对自如。你会设计和玩西洋双陆棋[①]，你还会送花。你带上行李箱消失了好几周，不过对此我已经习惯了。

冬天来了。收音机沉默了五天，你突然冲了进来，浑身杜松子酒味，处于发狂的状态。黑进前妻邮箱后，你发现她正准备告诉所有人你是一条狗。你觉得我该梳梳头发了，现实真是残酷，但我把这归咎于更年期，我说："嘿，我们继续吧？"你说："你总是喜欢刨根究底。"你满脸汗渍，气冲冲地跑进浴室，你的衬衫扔到了我脸上，你把它扯下扔到一边。我的视线被遮住了一部分，但是从药柜对面的镜子里我看到它们了。我惊慌地退了几步，几近昏厥。我几年前好不容易摆脱的两条小狗的脑袋又出现了，它们垂在你的锁骨边，像长着鼻子的肩垫。我几乎不敢相信我所看到的，三个脑袋？也许这就是最好的

① 一种在棋盘或桌子上走棋的游戏，靠掷两枚骰子决定走棋的步数，比赛的目的是要使自己的棋子先到达终点。

安排？体态匀称的你就是我可以依赖的那个人？又或许我该报警？现在我明白为什么有那么多阔领带了。我担心孩子醒了会看到你，于是扔了条毛巾包着你，把你领到床上。我试图把手放在你的额头上量量体温，但是另外两颗脑袋来咬我。你像是想起什么般，突然睁开了眼睛，你朝着我吐了吐舌头，说："我想说，所有的路都不偏不倚地将我引向你，但是你做的社区服务真的太少了。"你打了个嗝，说："去祈祷吧，快去吧。"

我问："你喝醉了吗？"但你已经呼呼大睡了。我目瞪口呆地走到阳台，心突突地跳个不停。所有我曾忽略的线索开始慢慢涌现，我想起了曾放任自由的种种，我现在明白了我错得有多离谱，让你这个野兽重新出现。很抱歉这么称呼你，但你确实是。你在激光枪战游戏中作弊了。

想到这里，我在阳台上感到越来越冷。

我想起，三号脑袋拆开第一个生日礼物后，把所有礼物都扔给我，说不是它想要的，还说："你是自己去买的，还是托别人带给你的？"

又想起，一号脑袋拒绝同我父母说话，因为他们没有举起香槟为我们订婚祝酒，他们只是拥抱了我们，说了句恭喜。它说"希望他们举杯祝酒，说点好听话真太他妈的难了”，以及“如果我朝着你挥拳头，赶紧转身跑掉，因为我一旦开始打你，可能停不下来”。

我说：“我就住在这儿，应该跑去哪里？”

其中一个脑袋说：“我再在这沙发上坐下去，可能会先杀了你再自杀。”

我不知道说话的那个人是谁，我能看到那张脸，也知道他的名字，但其余的都太难理解了，所以我可能想错了，还有遗漏的。也许是我的问题——我记不清了吗？我为什么头脑空空地把它带回来了？我为什么从没有打电话给走失猫狗认领处？我说了那么多次对不起，我是真的感到抱歉，但我该道歉吗？

一阵铃响，你给我打电话了，说：“我需要你。”我说了声好的，你似乎很生气，你清了清嗓子，说：“是的，我觉得你在增加我对你的憎恨。”

然后你开始“控诉”，指责我两年前对男人太粗鲁。你对着我大喊大叫，像我当年对男人那样，你在模仿我，但是展现的是韩剧的版本：似乎我口吐白沫，还抓了他的脸；我朝着那个男人喊了句“妈的”，然后向服务员扔东西。你不停地说“你应该友好地对待每一个人”，然后所有脑袋都横插进来了，攻击我。我问：“这是谁？我甚至都不知道是谁打了我。”

你尖叫道：“你对待你的保姆太糟糕了！”可怜的保姆没有听到我说话，因为孩子太闹了，可万一她将我的小冰柜洗劫一空怎么办？“一天工作结束，保姆应该喝上一杯！”

我问道：“你难道没有和你孩子的保姆发生关系吗？”

一片寂静。

“这不一样，我当时处于人生低谷期。”

然后你开始说我的孩子。你说我们就是一群骗子，假装去教堂，假装祷告。你说，你的孩子不敢相信我的孩子有多可怕，这时我准备挂电话，但你又开始模仿我了，当我意识到这次模仿和你之前模仿你前妻时一模一样，我听得入迷了。我想：我正听着一场预演。我成了趣闻轶事，他在拿我试法。我去参加鸡尾酒会，围在你周围，或者在晚餐和甜点的空余时段过去。你用同样的声音模仿前妻和我，这多方便，简单混合一下就可以了。

然后你喊出了一个我从未说过的词，一个我的孩子甚至不知道的词，这个词和“没有更小”押韵。

我的胃紧缩了一下，眼睛瞪得快掉下来了。

我在脑海中狠狠地打了你一拳，隔着听筒你疼得喊了声“哎哟”。我踩了一脚电话，结束了和你的对话，从你对我的演绎中走出来。小狗，我挂断你的电话了，这是最后一次了。

我还要承认，和你发生关系，就像一个雪做的天使躺在犀牛的身下。

苦乐参半，我的小鸽子，尽管你一定知道一切都趋于终止。你童年时期留下的伤痕，不该由我来找出原因并抚平。去当地的图书馆，查询一些课外特刊，去教堂，去跳舞，去做任何事都好。

你没指望我道尽所有真相吧？有吗？没人能想象你有多卑鄙，听起来就像一个寓言故事，只是故事本身和其寓意一样真实。我身上恰好发生了这样的故事，最终的结局是这样的：

她在布鲁克林醒来，伸了个懒腰。她去了小杂货店，买了橘子和地图册。她不紧不慢地溜达回家，查看了一下收藏的心爱的水晶，调高了音乐的音量，然后跳上蹦床。

看看，她自己解救了自己。

她会写下这个故事。当她词穷的时候，女儿会给她拿来些精心写就的纸片，儿子会从屋顶扔写着诗歌的纸张。

他们笑得太大声了，住楼下的邻居会拿扫把戳房顶。他们是勇士，他们三个都是。

一天晚上她在窗边停了下来，因为看到了一个阴影。她戴上眼镜，跪着凝神细看。

是你，小狗，你老了。你不停地绕着圈圈，周围烟雾缭绕，那两颗长得过大的灰溜溜的脑袋缩回去了，消失在皮毛下。哦，天啊，她想着，最终我们都是可怜狗。

她叫了一声，你疲倦地抬起头，后又低下去用爪子遮掩，你很羞愧，她也一样。在另一个人的故事里，她也做了很多野兽会做的事。

她轻柔地开始了，起初只是空气，而后她唱歌了。她在床上的孩子们会在梦中某处听见她的歌声，她继续唱着，直到你呼吸平稳。你坐起来，挪到树下，看到你跛行的时候，她的心猛地一震。你已经那么衰老了，那么病恹恹了。

她轻轻地说："躺下来，野兽。"你就这么做了。当你闭上眼睛，她深吸一口气，给你讲述整个故事。她一直在讲，直到眼睛无法睁开、脖子酸痛。讲故事需要一点时间，但她知道，一旦你醒了，就会爬着离开，永远不会回来。后续就是，她其实就是我，只不过我老了一点，我讲完了，故事结束了。

哦，你现在那么小，我几乎看不见你了，野兽。我不再需要你了，如果有一天我说我对这一切都很感激，请务必相信我。我的祝愿来得有点晚，却是由衷的：美美地睡上一觉吧，小怪物。

亲爱的拉菲克·杨倌

你为什么那么开心？

也许是因为你总是能让每个人都进入舞池陪你跳上一段，哪怕在没有舞池的时候。

去年的感恩节，我们都围坐在客厅的咖啡桌旁，有人坐在地上，其他人堆坐在沙发上。孩子们也很晚都没睡，你弹奏起你的“阿顿古”——一种自制的乌干达[1]竖琴。你还记得吗，你以一首斯瓦希里[2]的歌谣作为开场曲；你想让亨特加入，但他太谦虚了，想让你自己唱，但你没同

① 非洲国家。

② 非洲东部地区跨界民族。

意。你跪着恳求：“唱……唱点什么吧，亨……亨特；唱……唱点什么吧，我的兄弟……”你上半身倾斜越过桌子，正对着他的脸，你的歌声降为低语，又突升为号叫。你唱了一句，请求他加入其中，先是斯瓦希里语，而后是英语。你躺下了，苍老而无力地吟唱着，又突然跃起，像詹姆斯·布朗[①]那样唱了一段音低节奏强的曲子。亨特捧腹大笑，前仰后合，你们俩都灌了几口乌干达杜松子酒。我不会说你们到底喝了多少的，这是那天派对里最精彩的部分。所有人都活力十足，尽管我们都饱受馅饼和感恩节俳句的摧残。

你本可能一直都做那个吹笛人，但在你还那么年轻的时候，生活发生过一场巨大的变故。在我的印象当中，那之后很长一段时间里再没有举办过任何派对了。人们有太多的事情要做。

当你在战争中扔掉武器，你就得赶紧逃走，否则劫持你的叛军就会发现你，他们一定会用一种让你求生不得、求死不能的方式慢慢折磨你。他们对逃跑童兵的处置是目

---

① 被誉为美国灵魂乐的教父，说唱、嘻哈和迪斯科等音乐类型的奠基人。

前为止人类所有暴行中最让人难以启齿的。我甚至无法相信，在自己安然活着的同时，在别的某个地方，有人正遭受着这一切。我没办法一边想象着这样的情景，一边相信仁慈的造物主真的存在。但你的信仰却并没有动摇，你相信上帝。

你现在是个自由人了，也许对某些人来说，“自由人”只是一个相对概念，但对你却不是。你曾被劫持、被洗脑、被折磨，但最终逃离。你曾偷偷乘上一辆卡车，以为它会带你去安全的地方，但是卡车被拦截了，装着石蜡的金属罐被刺穿，躲在罐后面的你被流出的蜡油灼伤。伤情很严重，皮肤都漂白了。你毁了容，但这一切只是暂时的，重要的是你逃跑了，然后自由了。你去找了一位远房的亲戚，他收留了你，还给了你睡觉的垫子。你头上方终于有了屋顶，而不再用枪声作枕头。你可以自由地工作了。对你而言，工作就是自由，尽管是拎着水桶在贫民窟穿梭，拿着微薄的工资，每天醒着的时间比大多数人都要长；对你而言，工作到手指酸痛是一项特权，因为这能证明你有掌控和支配自己身体的自主权。你用挣来的钱重返校园，然后毕业了。你手中握着文凭，那张文凭叫作自由。

一天早上，你刚刚醒来，就听说家乡被占领了。那些你认识、曾和你一起去学校的朋友被伤害，尸体就在路边接受汤镬的刑罚。你已经失去了亲爱的兄弟，如今仍有更多的孩子还在躲藏、逃跑，你突然萌生了一个想法，虽然这个想法意味着太过烦琐的工作和太过沉重的责任，而你没有丝毫犹豫：你将为这些孩子建造一个安身之处——一所学校。尽管理智告诉你快停下，但你并没有。

你自缚双臂只为了再次解放自己，这样的往复给了你巨大的双翼，足以使你飞跃任何人觉得你应该承受的苦难。现在你的双手被缚住了，不过这并非一个意外或障碍，你觉得人最需要的莫过于智慧和正义了，这些才是翅膀。

你是否还记得我们去听亚当[①]唱歌？我不能再听下去了，因为第二天拂晓就要起床工作。看着你在音乐会现场真是太美好了，我本想继续待着的，但你说：“不，你必须回宾馆睡觉了。”

由于某些原因，停车容易而开走很难。三个泊车员同时开着车出来，每一辆车的驶向都不同，每次开出都会使

① 亚当·莱文，美国流行乐男歌手、吉他手、歌词创作人，美国流行摇滚乐团魔力红成员。

我们陷入不得不退回去的境地。开出车库花了太多时间，等我们开出停车场，表演都散场了。我开始焦虑不安，但很快就受到你的感染，渐渐平静下来了。你看上去并不像是在压抑挫败感，而是根本没有感到挫败。每多遇一次死胡同，你就会多一分平静，尽管有时泊车员十分无礼，你也不会急躁。我们出来了，来到了大街上，你的情绪这才稍微起了波澜。你和我击掌，大笑，并打开了广播，你说："好了，请给我拿一支香烟。"

要是事情变得无可转圜，只要有你在，我就不会觉得那么糟糕；当有喜事降临的时候，我也会毫不遮掩地把好心情挂在脸上。随着年龄的增长，那些曾经让我觉得无趣的事情也逐渐变得迷人、让我兴奋。二十左右的我绝不会为门框上的木头纹路而欢呼雀跃，也不会坐下来盯着一棵树看。那时的我甚至还在担心，随着年龄的增长，人生慢慢就变得无趣了。但现在想想，二十年后我们能成为朋友，我们能一起在走廊上边玩魔力桥[①]边吃馅饼，那时的担心似乎不必要了，这一切简直太令人激动了。

有人问过你我们是什么关系，你把手搭在我肩上，

---

① 魔力桥，一种纸牌游戏。

说：“我们的灵魂是一体的。”

我很确定这是谬赞，但既然被这样称赞了，那么这就是我努力的方向。我希望自己能为你的学校出点力，你也相信我会帮你，这让我受宠若惊。我知道你一直把自己当作我的家人，这是荣幸，也是莫大的运气。除了你，谁还会用树枝和我的孩子一起搭堡垒呢？谁还会在午夜时分和我一起跳进游泳池，之后一起坐在走廊上，用板球互相骚扰对方呢？谁还会和我一起放唱片，一起聊家庭、聊戏剧，一起喝加了蜂蜜的红茶呢？

在加利福尼亚的一天晚上，我们在甲板上喝着啤酒。我知道有些事情你不想再记起，但我想知道你是怎么应对的，又是如何变得如此积极乐观的。我问你是否会有生气的时候，你说：“哦，会的，当有人虐待孩子的时候。”我继续问你只会为这个生气吗，你说：“当有人打断我在舞台上的表演的时候，我也会生气。”接着我问：“当你情绪低落到无法前进的时候，你怎么办？”你沉默了很长一段时间，长到我以为你不会回答了，这时你说：“我会远行，去一个安静的地方，或许是田野。我会想想我这一生所做的为人称道的事情，我就会想起自己还是做过好事的。”

你知道我易怒、不完美，我也并不害怕你的评判，但我担心你会做什么令人发指的事情，从而不得不将你从我的生活中抹去。这完全是我仰望你所得的产物，因为我知道你站在一个我永远无法企及的高度。我曾经的尝试是一个致命的错误，我忘了，我们都是糊涂和本能的结合体，我们都是支离破碎的个体，围绕着同一个月亮运行。

我将把你从那崇高的位置上拉下来，我想让你在我面前做一些蠢事，因而我们之间会产生一种由人的易错性所带来的震惊感。我会像期待下一个感恩节那般期待这种失望感。现在，我们正一起庆祝这个感恩节，你会再次帮孩子们找到搭建感恩树所需要的树枝，会为亨特剪裁用来写俳句的纸张。我保证不会再有荒唐的寻物游戏了，如果我们真的需要抽身片刻，你的杜松子酒已备好，我们可以开始歌舞了。

亲爱的消防员

过马路的时候，我们看到了你。你步伐沉重，像一个疲倦的雪人从末日冬季艰难地跋涉回家，保护层般的废墟碎片和白色烟尘从你身上剥落下来，你就这样沉重地登场。“9·11事件”后，纽约市中心的街道总有些乱糟糟的，走在街上，就像走进一部没有灰色地带的漫画世界，到处都是恐惧和英雄。

我们把装着钢头靴的行李袋送到世贸中心，然后一言不发地回家，你们正朝着相反的方向跋涉，身上还留有世贸中心的残骸。有路人经过举手致意，也有人从车窗向外大声说着几句鼓励的话，但没有汽车鸣笛，也没有叫喊声。

那晚依旧是救援之夜，每个人都在一片停滞中坚持，那些实在无法承受、难以继续的工作就先放下了。我想知道，你到底坚持了多久，才发现自己只挖到了深埋着的尖叫声，此外一无所获。我试着想象现在的你还活着，也许你确实还活着呢？也许你正从出租车上下来，也许正在和儿子嬉笑打闹，也许正在写书。

你不是唯一一个让我印象深刻的消防员。六年后，我抱着三岁的儿子走在第六大道上，第五梯队的消防员里一定有人可以告诉他，刚刚在街对面看到的小火已经被扑灭了，它不会追上来吞噬我们。里奇在执勤，我向他打了声招呼，问道："马克道格大街[①]那边的火扑灭了吗？"我指着还在害怕颤抖的儿子，用口型示意了"害怕"这个词。里奇一直看着他，安抚他，逗他笑，并向他演示火是如何被扑灭的。你是否也曾遇到过这样的小男孩儿？第二天他和妈妈一起送来了布朗尼蛋糕，结果你却出外勤了？他是否也像我的儿子那样，给你留了一幅蜡笔画？而且，这么多年来，每当有火警车经过时，他都会正襟危坐，仔细地在一张张面孔中搜寻，看看会不会找到自己的那位朋友？

你从没收到过任何翌日的感谢信或曲奇饼干。我不知

① 位于纽约。

道你的名字，不知道你的长相，即使让我只在三个人中挑出你，我仍然做不到。因为我看到你的时候，你的脸上满是灰尘。我看着你穿过马路，跑向属于你的怀抱，你甚至都没看到我的脸，但你看到我跑向你，张开了双臂，低下了头。你双眼紧闭，没有哭泣，但也不是没有泪水，我跑进你怀里，紧紧抱着你，你身上的烟尘像蒲公英的种子一般掉落在我的身上。我踮起脚向你低语，你也点头回答，好像我们已经聊了许久一样。旁观者一定无法分辨我们这支舞究竟是谁在领着谁跳，也一定听不到只有我们才能听见的示意舞蹈停下的铃声。

亲爱的美国宇航局

很抱歉，很抱歉，我总是在说，你们就是在滥用巨额的税金，就是在为那些喜欢穿宇航服的人准备大型游乐场。但我知道，你从未停止替我发射航天飞机。反正，我是在向你道歉。我也不知道自己在说什么。

惭愧的是，很久以后，我才渐渐明白，你的研究直接或间接带来了：人工心脏起搏器、保护金门大桥的表面材料、出车祸时可以挽救乘客性命的救生颚，以及汤姆·克鲁斯所佩戴的隐形牙套——没有人知道他的牙有问题。食品及药物管理局要感谢你们减少了感染沙门氏菌的人数，那些需要阅读年代久远且已烧焦的罗马手稿的学者也要感谢你，同样地，在芝加哥乘校车上学的每个孩子也要致谢。

美国宇航局，于我而言，你们就是一群以热袋[1]为食的怪人，你们总是忙着寻找外星人，而在地球上，却有人饿死，有人付不起医疗费，有人上不起学。我知道这么说很愚蠢，因为饥饿和大众文盲并不是你的错，只是每每谈到芸芸众生，我就有些糊里糊涂，但是我很确定：宇宙是诗情画意的。

我在书中读过：恒星在银河中遨游，将它们明亮的一面朝向那可怜而又从未安定的、忙作一团的行星；由于火山作用而形成的空气无法供养生命；被潮汐锁定的卫星从来不会展示其黑暗的一面，也不会展示它们寸草不生的地表上的垃圾。这是我所能理解的最直白的宇宙的描述。太过无拘无束的白矮星开始吸收其蓝色小伙伴的生命力，随即发生了相互偷窃的行为，直到出现了一颗超新星，摧毁了它们分享的一切。不知为什么，白矮星仍然继续艰难前行，温驯地闪烁着，现在它的空间标签是：“嘿，我是僵尸星！我可深谙相互依存之道！”

一个圣诞节，我乘飞机去旅行，地球的夜景壮观得让我垂泪。这一刻太浪漫了，我爱的人也同样爱着我。我们

---

① 手掌大小塞满芝士和肉馅的派。在微波炉里热一分钟即可食用。

去了一个被皑皑白雪覆盖的远方，我们住的酒店外有一座巍峨的高山，难以攀登。现在回想起来，那些山就像是一道屏障，密闭在它身后的，是一个虚幻的世界。我有时会琢磨，自己是不是被什么伎俩骗去那里了，因为我想不出任何足以证明其存在的有力证据，一次次的思想斗争，却得不出任何结论。不从反方向看看起点在哪里，就无法恰当地理解这景致，所以每当我转向左边或右边的同时，背后也许总有人在旋转着其中一片风景，从而使我无法纵观全局。那片美景纯粹得不真实，像是谁画上去的。我不知道，但我相信，那是冬天，因为我想相信，那就是冬天。

圣诞节前夕，我们互赠礼物，要互相赠送用一只手无法握住的礼物。

我为他写了一首诗，印在了白纸上。

他想在读诗前把他的礼物给我。他说："给，穿上，礼物在外面。"他把自己的外套披在我身上，我跟着他走出去。外面零下十五摄氏度，重重群山和皑皑白雪大概是我所见过的最为壮观的景致。但是，山顶之上是什么？那是一片天空，平白无奇，甚至不值得用什么比喻去描绘它。

他指着上方说："看。"我不知道要看什么。他说：

“你看到银河旁的星星了吗？在银河右边。”他接着说，“再看下方，有三颗连成一条线，其中一颗稍微有些偏离。”我看了过去。他说：“你从这个角度看，那是不是构成了一个字母M？你看到了吗？”我说：“是的，我看到了。”然后他说：“它会贯穿我们人生的始终，一直存在于那里，无论你我何时看到它，它都会存在于我们头上，直到永远。”

宇航局，你是不是要告诉我，那其实并不是一个字母M？现在我知道了。是不是你说，为了方便命名，要从合适的角度去看待事物？我很庆幸现在的我知道它到底是什么了，也很庆幸当时的我并不知道。那时，我相信他和我看到的是同一颗星辰，后来我才明白，真实的群星是现在所呈现的模样。

我不知道当你听到“新现实”这个词会不会觉得矛盾，或者这个词会不会使你产生放弃的念头。当你知道，唯一能指望的就是转移或重建邻近星体，你是否会想：起初我究竟为什么要进行研究？

我们需要重新书写自我，重新规划一切。

什么会化为乌有，什么又会永恒？这是我在睡梦中都会思考的问题。真的有物质存在吗？有关这个问题的答案，你一定知道些什么。

当然，你一定知道宇航员所说的“总观效应”现象——从太空俯瞰地球所带来的认知转变。很显然，这俯视之景太震撼人心了，它所带来的兴奋感彻底地改变了你，你只想着尽快追赶上自己所看到的景象。你可以在晨曦乍现之际观察夜波，有事物会消失，也有新事物会出现：想象一下你正看着艾奥瓦州消失，它周围的一切正被黑暗吞噬；或者地球上的水体都被照亮了，一片蔚蓝。我们只能用手中的画笔粗略展现这一切。

我想知道，当宇航员处于外太空时，他们对什么产生了依存感？这依存之物是和声音一起出现的吗？我很喜欢从远处观摩星系的想法，也喜欢耳之所闻即为心中烙印，记忆和幻想可以相互结合，随同直向云霄的声音而来。所有的困难、地球上所有的苦难都可以抛至九霄云外，成为星群的给养物也许会使其物有所用——没有羞愧，不必被理解，只是漂移着，听着一些完全不同且持久的曲调。

不管怎么说，我错怪你了。当你向我们传授更多东西的时候，我是真的满怀敬畏地听着。宇航局，谢谢你一直观察，发现宇宙不过就是光年。我试着去理解这个结论，却为自己做不到而心生慰藉。这只说明有些事物其本身就难以理解，它们本就不是我们所应知晓的，这样想来真令人欣喜若狂，你不这么觉得吗？双眼紧盯天空的你快乐吗？你知道很多东西，比如为什么海洋不会飞出天际，为什么我们不会脚底朝天。但这并不使人快乐。

亲爱的出租车司机

我上车时，你肯定没看清楚我，否则你就不会和我吵架了。我想，事实应该就是这样。如果你看清楚了，你就一点不会惊讶于我为什么要朝着你大声尖叫。

我要去的地方是一个著名的广场，那并不难找。但如果直接载我去公寓就比较挑战我的耐心了。我没有耐心，那天我就是没有一点耐心。

我得穿过二十个街区去办事，大概需要四十分钟。但我很少出门，我劝说了自己很久，才肯穿上外套出门。我并不希望被人看到，在环顾四周确定没人之后，我才在角落里钻进了你的车。神奇的是，你就像是在那儿等我一样，这还不是你这一天中最幸运的事。

上路了，我觉得自己可以喘口气。跟你说过目的地后，我就没有注意路向。

不知道过了多久，不过应该不会超过十分钟，我抬起头，发现你似乎正带着我朝着一个完全错误的方向行驶。我扭头看了一下后面，又观望了两边，确定自己没搞错。我低头看了一眼手中的纸片，上面写着地址和预期到达时间，只剩五分钟了。

“不。”我说，“你在干什么？这……不，你在穿越市区？你为什么要这么走？”我举起纸片向你示意，即使你根本无法从后视镜中读出上面的字。你没有看我，指了一下前面，好像在说方向是对的。我戳戳纸片，意思是目的地是那里而不是在前方。我重重地坐回去，狠狠地捶了一下座位，也许这么发泄一通，我还不至于开口骂人，但是我还是没忍住：“该死的。我的意思是，你看，为什么，我说你他妈的为什么——不，你现在载我去哪儿？现在方向还是错的！”我上下挥舞着纸片，引出一阵无法使我平静下来的嗖嗖声。

“小姐，别骂我，你没听到我的话吗？”

“但是方向错了，你为什么——”

“小姐，你他妈的别骂我，我正载着你，小姐，你没看到吗？”你每说一次“小姐”就会把手完全从方向盘上挪开，接着开启车载音乐，足以盖过我的声音。你急转了一个大弯，我“砰”的一声撞到车窗上，我们再次驶向错误的方向。我不可置信地拍了拍双颊，开始用拳头捶打你脑袋后面的隔离板。

“先生，妈的，快转弯，方向错了，五分钟前我就应该到目的地了。我无法呼吸了，无法呼吸了。等等，天啊，这窗户是在开玩笑吗？天啊，它锁住了。先生，我要吐了，在我吐出来之前快开窗户。不，等一下！停下，请停下。我求你停下，停！刚刚那是第九大道，你为什么不转过去？为什么？”现在我真的有理由哭了，用手里的纸片擦脸上的眼泪。

“女士，别对着我大吼大叫，我正载着你！”你喊得那么大声，头上的头巾都晃动了。你把手伸进储物箱，抽出来一张地图。

“天啊，等等。不。朋友，那是张美国国家地图，根本帮不到我们。我的意思是，天啊，你这个蠢货，天啊。你在国家地图上根本找不到切尔西！那张地图是谁给你的？他一定讨厌你，知道吗？他是你的敌人。算了，载我回家吧。”我试着倚靠在后座上，但又直起身来，恶心想吐。

“不，我不送你回家，女士，我就要载你去切尔西。”你穿梭在车流中，闯了个红灯，差一点撞到一个小女孩和她的狗。

“你不能就这么停下……小女孩和她的狗已经停下了，你必须……圣母啊，我叫你送我回家，转弯，去第五大道，就是这里，向右转，这里，转，快转快转快转，转到第五大道，该死的，转到第五大道，转啊。天啊，对的，谢谢你。现在向右转。不，那是左，我说了右，好的，现在停车。停车，停下这辆该死的出租车。停！”距离我的公寓还有一个街区我就让你停车并打开了车门，但是我在钱包里掏钱时，门砰的一声又关上了。你在西塔尔[①]音乐声中咕咕哝哝，我向前座扔了一张十美元钞票，慢腾腾移向车门。你关掉了音乐。

“赶紧下车，快下去！”你大声喊道。

我说：“我快不了。”

“快滚！我再也不会载你去任何地方了，你太糟糕了！我再也不想载你了。”你猛地用地图抽打了一下座位，又摆来摆去，似乎在庆祝终于要摆脱我了。

---

① 一种印度拨奏弦鸣乐器。

我已经向外面探出了半个身子，听到这句话，又笨拙地转过身，嘶哑地说：“没人想这样。”我很大声喊叫，但是我的嗓子已经嘶哑，我勉强地下了车。

“你看看我。”

你转身看向我，停止像挥舞旗帜一样挥舞地图。

“在这个时刻，我的人生比你的糟糕。”我号啕大哭起来，“你看，我孤身一人，不是吗？我怀孕了，却孤零零的，我连呼吸都觉得痛苦。”

你慢慢地把手移到嘴边。

“我想克服这一切，但是，每一天、每个早晨，我都是孤身一人，没有人，没有人来帮我，我很抱歉朝你大喊大叫，但我连鞋子都穿不上了。我知道我很糟糕，没人比我更清楚，但请你，请你看看我，请你看看我！”我轻声轻语地这样说，没有再大喊大叫，我用手背擦了下嘴，考虑着要不要继续说话。接着，我说：“不，别看了。真的，你也不是非看不可，不必勉强。”

你做了一个手势，我不知道是什么意思。你把手从腿上举起又放下，我看不懂。我下车了，轻轻地关上门，走向街区，把手中的纸片扔进垃圾桶。

我不知道你在想什么，不知道你是否有女儿或妻子，不知道你是否觉得，我那段苦情剧对你的人生而言微不足道。我希望我所能告诉你的是我知道生活只能如此，我不知道你那天早上、那年或在你六岁时发生了什么，我也不知道你所经受的艰难困苦，所以将我的人生和你的进行比较是不公平的。我知道自己很幸运，不必苦苦挣扎就能得到比大多数人更舒心的生活。我会时常想起你，也知道你可能不会记得我，但是我很抱歉。真的，我不打算挑剔你任何事，除了一点：你车上放着的美国国家地图，就像在帝国大厦一楼使用对讲机那样没用。其余的，就是你的车技实在糟糕。每个纽约人应该都有过这种经历，这是纽约风景的一部分。

你使我想起自己曾一直坚信过的信念：你永远不知道别人那天发生了什么，所以，请尽可能地善待他人。但是，那天我却纠结于自己乱七八糟的事情，没能对你友善。现在的我明白了，我所经历的一切都是人生的一部分，都是长篇故事中最美的一篇。

所以，司机先生，我为自己的咒骂和责难而道歉，最过分的地方就是让你激动得连头巾都扯开了。但是，你放的音乐听起来就像是在给猫剪指甲，我觉得你还是别期望任何人都能接受这种音量。这单纯只是建议罢了。

我希望你现在装了全球定位系统，但我再也不会知道有关你的任何事情了。我一直都想知道，我们可以真正了解一个人的上限是多少。那时那刻无法明确当时的情形，不论是我的还是你的，它最终只比我愿意写下的更糟却也更好，这很可能是我所能说出的最直接的事情。

亲爱的护理员

耳畔响起了低沉的声音。你来了有好一会儿了，絮絮叨叨的，让我很烦躁。你还想抱走宝宝，我说了声“不”，于是你停止了动作。我说：“不，你走吧。”抑或我睡着了，在此期间你离开后又折返回来了，又或者是别人过来了。我不清楚自己看到了什么，但眼前影影幢幢的，让我难以消停。

我很累，昏昏沉沉的，疲惫得一直在颤抖。我刚生了孩子，将宝宝从逼仄的产道里催生了出来。别提麻醉了，我连布洛芬都没用。快生的时候，我还在想着：待会儿可能比现在还要疼。你需要做的，是缓解我的疼痛，因为你把手上的图标比画给我看，我也找不到自己忍痛的临界点。我看着你吵吵嚷嚷地让我把宝宝给你，口口声声说是为我好。我说：“我很好。”但不一会儿，头戴蓝色浴帽、脚踩短靴的你又出现了，唠唠叨叨地说：“把宝宝给我，我会把他放在大厅那边，和其他的孩子放在一起。”

我斜着身体，装作很警惕的模样。如果躺下来，我可能会睡着，但我不能睡，因为睡着了你会带走宝宝。站起来也不太现实，那天我站起来过两次，下面血流不止。第一次站起来时，朋友就站在身旁，他下半身都被浸湿了。“哇！”朋友说，“我是说，《威鲸闯天关》[①]后就没见过这样的情景。”血多得足以填满一个塑料充气游泳池，我可以在自己的胎衣里游上几圈了。

我知道自己生完孩子后就没有休息过。我吃过东西，对的，吃东西了，我吃了一个巨无霸[②]，但没有睡觉。吃完巨无霸后，我又吃了两三片比萨，两三块纸杯蛋糕，喝了一杯巧克力奶昔。我甚至都没有小睡一会儿。到了深夜，你还在像安提戈涅交响曲般坚持着要把宝宝带去保育室更好，这样我就可以睡一会儿了。但是我说：“别碰宝宝。”我不知道自己有多疲惫，尽管疲惫，可我仍旧担

① 美国1993年上映的动作冒险片。

② 一种汉堡。

心。怎么办呢？“不，”我说，“别碰他，请你离开。”

你咕咕哝哝地，说我犯了一个大错，但我想怎么样就怎么样吧。我想：那就等着瞧吧。

是的，那就是我，流着口水，下体像开裂了一般。我在和你说话，虽然我只能勉强说出“请你离开”这样的字眼，但我的眼神已经向你传达出其余的话了，关于一个女人一直在等待着这一刻的所有心里话：她从刚会玩玩具开始，就想有一个自己的宝宝，她曾是个想要一个自己的宝宝的孩子。而此刻，她变成了我。此刻的我十分困倦，连正常的生理反应都无法控制。我轻轻地打了个嗝，然后尿了自己一身，但那又有什么关系呢？是的，此刻的我正用嘴大力地呼吸着，看起来像是睁着双眼在打鼾一般。我闻了一下，自己臭烘烘的。我朝摇篮那边看过去，里头安放着襁褓中的婴儿，他正轻轻颤动着。这个婴儿是我的。你说得对，我犯了大错，反正这错误已经造成，那么你就等着瞧好了，这也没什么。我可能也会是一个糟糕的母亲，也许会一次又一次伤害他，不管我有多么不想，但我还是会伤害他的。我不需要帮助，我已经准备好独自一人磕磕绊绊地抚养他了，而如今，我就在这么做了。现在，“我要用自己特殊的方式，不需要任何人的帮助”。

你也会有孩子的，也许当他们出生时，你就放手把他们交给保育室了，急切地想要休息一下。我尊重这个选择。只是，我不知道保育室里有什么，如果孩子被抱进去了，他会听到什么，会不会需要我。要是我没有垫着十七条超长衬垫，要是我屁股底下没有放着一个充气塑料圈，要是我没有因为挣扎而摇摇欲坠，虚弱不堪——像吃了一半的生鱼片一般，要是我不是故意要和自己过不去，我也许会去保育室里检查检查。但是我去不了，也不想冒险把他一个人丢在那里头，度过他降临到这世上苦闷而孤独的第一天。你不必懂的，我以扭曲而令人费解的姿势躺着，或许这是我人生当中的第一次，我不在乎别人的任何想法，我只在乎塑料摇篮里那个扭动着的小身躯。

如果你能看到我身边的小婴儿，你一定会发现他不是个普通的孩子，哪怕他在很多方面都极其普通。于我而言，他的平凡乃至平庸都能让我欣喜。他可能到八岁才会蹦蹦跳跳，他可能不会发字母R的音，他可能会像他妈妈一样经历一段让他伤心流泪的日子，他可能很多事情都做不到最好，但是他的平凡乃至于平庸都能让我安心。我知道，他可以享受做大多数平凡人的幸福感，享受努力进步的雀跃。我接受他的普通，也为他的非凡而惊叹。他会从学校带回诗歌笔记本，他所谓的诗歌，就是莫名其妙堆砌着的对话与感叹号。但总会有一天，他会写出一首首让惠特曼[1]都自愧不如的诗歌来。这条路必然艰难险阻，让人难以走下去，但他会怀着坚定不移的信念一次次突破重围。我还记得，他刚刚出生时，盯着我看的目光中就充满了信念。他会为作业无比烦恼，最后忍无可忍地撕碎了纸张，但是又会灵光乍现，迷人的语句又能信手拈来，于是他才思泉涌，难以停笔地写下去。当他最终放下笔时，手指上已然磨出了小水泡来。我知道那个小男孩手指上会磨出水泡来的，早在我们第一次打招呼时，我就看出来了。

当我有点力气了，我又一次拖着自己的身躯走近瞧他。我真希望自己不会按到呼叫按钮，也不会不小心把床上的便盆撞倒在地，但以防万一，我还是先道个歉。不过，我还要再看看他，看他那双偏大的小脚，稍稍偏前的上牙龈，还有紧锁着的，好似不受任何干扰也不愿流露出表情的眉头。我轻轻擦拭着他闭着的双眼，仿佛这一刻化作永恒。我很确信，这样的时刻是多么神圣。

① 沃尔特·惠特曼，美国著名诗人、人文主义者，创造了诗歌的自由体，代表作品是诗集《草叶集》。

我不想说太多了，很多话我们刚见面时已经说过了，用无声的语言交流过。它们在空气中向我游来，我们之间没有任何障碍。

我们之间真的什么都没有，亲密无间。

那好像是我第一次切身感受到自己还活着，因为太沉浸其间，反而不知该如何描述。目之所及，空无一物，层层重叠，不余间隙，我也重获新生。时间在这一刻静止，因为和孩子在一起的每一分每一秒都弥足珍贵而又不可重来。像落日，又像书中的某一章节。只有和孩子在一起的时刻才是真实的，其余一切都是短暂多变的天气预报。

今天清晨，在我来医院生下他之前，我在他的黄皮书中写了些文字，这个笔记本我一直用来记一些想法。我写道："你已经在路上了，我只想说，哦，哇哦，是你在砰砰地敲门吗？因为你就要到了，我是不是应该说一路平安？"

我合上本子，轻轻坐在床上，等着歇斯底里的阵痛。我把手放在肚子上，轻抚着传来阵痛的地方，这种疼痛我还能忍受。阵痛过去之后，我长嘘一口气，再次在书上潦草地写着："我希望你能认可我，请让我们互相喜欢。"

为了避免误会，我得深入解释一下。我的母亲来大学操场看我表演，那一整天，她都在微笑着注视我，认真而又专注。每当我飘到她面前，她都会温柔地对我微笑，她那一眨一眨的双眼可以让我平静下来。晚上，我跑去她下榻的宾馆房间哭了，她坐起来，丝质的睡帽裹着她的头发，她用手捂住胸口担心地问："发生什么事了，亲爱的？怎么了？"为了不吵醒父亲，她轻轻地低语，然后又穿好衣服，她觉得一定是发生了炸弹惊魂或龙卷风这样的大事，我才跑到她面前哭泣。"亲爱的，怎么了？"她边说边拍拍床，因为动作太轻而无法挣脱睡袍。

"妈妈，真的很对不起，生日快乐！我太糟糕了，竟然忘记了。"我把头靠在她的肩膀上啜泣。她只是笑着拍了拍我："哦，亲爱的，没事，你有很多事要忙。别哭。"

母亲从不要求我什么，也从不咒骂或批评别人，充其量只会稍稍翻个白眼。她边说话边看着我，那目光就像是我注视着自己刚出生的宝宝。我听到的最好的赞美其实是妈妈说的，她说："你是最好的母亲，亲爱的，你做得比我好，你应该再生六个宝宝。"

但不管怎么说，我都没有那么好。她让自己所有的孩子都飞离了巢，从不曾为自己考虑过，而我无法理解她是如何面对一次又一次的离别。

所以，先生，你看，因为不愿把孩子给你，我大概明白你会怎么看待我。你可能会觉得我是那种剥夺孩子的自由、让他们窒息的母亲，但我真的不是。从看到他的第一眼起，我就知道他早晚会离开我，甚至我觉得，他很快就会离开我。别的先不说，我最需要做的就是让我们都先做好分别的准备。我那么希望他能获得自由。送他去学校或其他地方，他心里也许会有些纠结和不舍，但我希望他会明白，自己应该离开我并快乐地生活，而不是缠着我。在分别的前几天，我就会对着镜子反复练习和他说再见，离别的那一刻，我可以允许他有些许难过，但很快就得让他“完全忘记我”。我是不是很聪明？我甚至还有一些工具，比如我们一起拍摄的家庭视频或者音乐视频。比如，他坐在卫生间的高脚椅上，而我左摇右晃，左摇右晃，然后在水池里吐了两口水，每次他都会尖叫着大笑，好像我是卓别林一般，这些视频足以填满一整张存储卡。还有我们乘旅行房车环游全国的视频，他拿着酸橙味的冰棒坐在前座，上半身光着，皮肤光滑，下半身穿着冲浪短裤，朝着货车司机挥手，想让他们狂按喇叭。举起相机时他欣喜若狂，因为货车司机也向他挥手了！我还会看这段录有我们三个的默片，这一天叫作“莫奈的一天”，我们会在浴缸里铺满从商店买来的廉价花朵和天然色素，再在上面浇水，绚丽的颜色覆盖了花朵，给它们重新上色；我还会看马里布海滩的照片，在那里他第一次指给妹妹看海；我还能看着他留给我的所有便利贴，任由自己的情绪失控，那些便利贴上写着“我爱你妈妈”“但是我爱你”“我爱你”“我要说的是，我爱你妈妈”。我会记得他对街上踽踽独行的老人的关切，记得他扶着白发苍苍的老妇人走路，记着早晨在学校为那么多人撑着门——我担心他自己永远进不去。有一次，他还说：“玛丽-露易丝……玛-拉-薇姿……玛-拉美丽的，就是这个了，妈咪，就叫你玛-拉美丽的，我会永远这么叫你，直到我老得走不动路了。”

我会记得他快要进入梦乡时，又忽然醒来，轻声说：“给我唱首歌吧，妈咪。”我会记住这一切，在他离开并快乐地生活时，独自默默垂泪。如果我是最好的母亲，当他一连数日都忘记来电话，而后打来电话解释说自己在忙着很重要的项目时，我都会像我的母亲那样，欣喜若狂，甚至提都不会提他好几天都没有给我打过电话了。我就打算这么做，也许这很不容易，需要付出很多努力，但我能预见到这一幕，我能预见到自己做得很好。

请看看他，好吗？我是说，你看过他吗？我甚至都不敢相信，他是我的唯一，是我的全部。先生，很抱歉，让你抱走他也许是最好的选择，但是，不，今晚你不能带走他。他现在是我的一切，我所做过的最好的一切，好过千倍百倍无数倍的一切，我会一直做下去，直到我自己放弃，以我自己的方式放弃。但现在，不行。

我还没有听到他叫我，那声呼喊会让我觉得活着是幸福的，会在我无法呼吸、无法思考或者失败时给我坚持的力量。那轻轻的声音在找寻我，或者我就在那里时，那轻轻的声音在确认就是我——那声“妈咪”。

我能预见，这一切都将会发生，它会让我更高大、更机智、更美好。

亲爱的小说家

失去你，就像失去了很多朋友，你的笔下涌现出一个完整的世界：尤达[①]、赫拉克勒斯[②]、圣诞老人、稻草人和阿蒂克斯·芬奇[③]。你就是每个人物真实的化身。

你会告诉我，“别放手，不能让它落入别人之手”以及“我们相互亏欠的是真理”。

你高高地飞翔在云朵之上，而大多数的我们只能留在地上。

所有的话我们都已经说过了，其实没必要再写信给你，我只是想在这些篇章中看到你的身影，哪怕我无法用

① 系列电影《星球大战》中的人物。

② 希腊神话中最伟大的英雄。

③《杀死一只知更鸟》的男主人公。

文字去描述你。毕竟，你只可意会不可言传。

如今，我难以想象，若是没有你来谈论生死，往后的余生将会怎样。你全部的故事，越是深入思考，就越能表达得更多。结局会是如我所猜想的关于人生的意义吗？由你给出的结局，一定会比人类简单的幸福观更为宏大壮观，它是永生的，一如你。

亲爱的叔叔

直到在文件中看到你的名字，我才知道你的存在，知道你以及那些和你一样做出牺牲的人。文件上写着“监护人”三个字，这个字眼让我很是诧异。我又看了一遍，看到了在“兄弟姐妹”这一栏下面另写有四个我不会念的名字。我坐着，重新梳理了一遍思绪，我的女儿还有一个家？谁还活着呢？那我又是什么？我只能想到，一旦某一天她发现我不是她的亲生母亲，而是西方一个不会说阿姆哈拉语[①]、不会做英吉拉[②]的白种女人，便不会再接纳我了。我想要的，是一个被遗弃在田野里、被丢在门边或是从天上掉下

---

① 埃塞俄比亚的官方语言。

② 埃塞俄比亚的传统食品。

来的孩子，而不是一个被抱着、被爱着、有名字和出生日期的小女孩。我想象着这孩子的生母养不起她，但我却没有意识到，我不愿意想象这位母亲或是这孩子的家庭。我想当然地认为，我的小女儿就应当渴望我的怀抱，但在我出现之前，则是你抱着她。

在你兄长去世一年、嫂子去世六个月之后，你把她送到了孤儿院。你只能用屁股挪着“走”路，半路上，你被人捎了一程，去了那个距离几小时路程远的砖砌的小建筑物，外头布满铁丝网，由穿制服的人看守着。她的手最后一次拂过你的手，你把她交了出去，你也不知道是谁抱走了她。哪怕最后你在她的哭声中说了几句话，这些话也不会被记录下来，但我确信，你的侄女一定在哭泣。我有你离开不久之后拍摄的她的照片，照片中，她的脸上还留有泪痕，泪眼汪汪。我听过她的哭声，我刚走进孤儿院时就听到了。那是一种绝望的哀号，只有看不到任何希望的成年人才会发出的那种哀号。

我听到了那声哭喊。我背着颇重的背包，循着那声音上了楼。在大厅里，我来到一个女人面前，她往哭喊来源的方向指了指，低声说了些什么，我只能从她的语气中猜测她的意思。那是我的孩子在哭，也是你的侄女。他们把她带出来等我，因为没有和其他孩子一起，她自己一个人吓坏了。她的啜泣声里充满了不安，但是当我在她面前蹲下来时，她立刻安静了。我知道，她一定认为自己又要被抛弃了——那是她第三次被抛弃。我现在了解我的女儿了，知道她是谁，知道她照片中的眼泪和脸上的惶恐都说明了你对她的重要性。如果她不曾信任你，或者不曾需要你，你离开时，她就不会那般在意。为了抚慰她，孤儿院的保育员甚至还表演了芭蕾舞。我很想知道，在你带她离开棚屋、离开她的兄弟姐妹时，你跟她说了什么；或者，当你离开孤儿院时，她以为你是去哪里了。你想给她一个拥有不同人生的机会，所以你放弃她了，你相信她会有这样的机会。

去见你时，我们坐在一个院子里，通过一位译员进行交流。你带来了她的兄弟姐妹，惭愧的是，我现在才觉得这是一个明智之举。若你没有带上这四个孩子（其中三个孩子还不到十岁），你自己一个人过来会简单得多，但你一定是想让他们见见我，这样他们就放心了。

我们面对面地坐在树下，那一天，我回想起很多事情，这让我不得不重新反思自己对于某些事的敏感度。第一件事就是我们有相同的困惑，那就是：你也从来没有想象过我的存在。也就是说，你就像我从没有想象过你的存在那样，从没有想象过我的存在。你转向译员，问他：“她丈夫呢？”

你朝我身后看看，寻找着我的丈夫。译员告诉我你说了什么，我的喉头一紧，回想了一下过去四年发生的事情，觉得人生一片惨淡。我说：“不知道。我是说，我没有丈夫，一个都没有。”

我试图让自己看上去很友善，让自己看上去值得你托付一个孩子的一生，那个孩子就是你兄长年幼的女儿。你双手紧握，放在腿上，孩子们就在你身旁，因见了一个来自外星般陌生的女人而拘谨不安。你们都看着译员，然后慢慢地转过头来，注视着我，那是一段漫长的沉默。但是，当我拿出她将会成长生活的地方的相簿时，孩子们又躲开了我的视线，像是我将要带走他们的妹妹去火星生活，那里全是陌生的事物，比如铺着床单的床铺、玩具还有地毯。他们看着一张挂着奶牛玩具的婴儿床，仿佛在看埃舍尔[1]的画作。尽管他们从没有见过画，在这里，甚至

---

① 荷兰科学思维版画大师，20世纪画坛中独树一帜的艺术家。作品多以平面镶嵌、不可能的结构、悖论、循环等为特点，从中可以看到对分形、对称、双曲几何、多面体、拓扑学等数学概念的形象表达，兼具艺术性与科学性。

连纸都极其罕见。

领养机构说我的问题需要提前准备好给你，因为很重要，所以我准备了三个问题。最后一个问题其实应该算两个问题，这两个问题都太深刻了，所以我问的时候不自觉地降低了音量。我问你对她最大的期望是什么，对她最大的担忧又是什么。

“我希望她能被照顾，可以去上学，将来能做些什么，比如当一个医生。

“我最担心她以后不知道上帝。”

有那么多形容词用来描述物质上不太富有的人，人们喜欢选用那些具有标榜意义的词，比如“自豪”“优美”“他们是那么优雅的人”“这些女士拥有那么华丽的风度”。但这些听起来就不是真的。你带我来到女儿出生的棚户，并将我介绍给村里人。在目睹了这一切之后，我开始盘旋在对自己的现实和你的现实的差异判断中，迟迟无法着陆。我所见到的每一户人家都家徒四壁，几乎每个家庭都失去过孩子、父母或配偶。这里唯一富足的，就是苦难的种类和死亡的方式。我不觉得他们对待我有任何的疏离，他们都微笑着和我握手。

早晨晚些的时候，我走进你的棚屋，对屋内吞噬一切的黑暗感到惊慌，而后，我又自觉愚蠢，因而掩饰住了由此而生的尴尬之情。我当然知道，没有电，也就没有光，但草房顶上分明有什么东西悄悄地潜进来了。我知道那里有东西，但直到我和你一起站在屋内，仔细盯着瞧了瞧，才发现那里其实什么都没有。我的眼睛逐渐适应了黑暗，那儿没有任何东西，那儿就是什么都没有。你指给我看棚屋的不同地方：这里是奶牛睡觉的地方，那里是你们一家十二口人有食物时吃饭的地方，那里是你睡觉的地方。但所有的地方都空空如也。你对自己的境况没有做任何评论，这使你显得十分高大。如果不是亲眼所见，这里的一切我都将不会知道。是你告诉我，另一个星球上的生活是什么样的，这里没有抱怨，也没有失望。

你很善良。我不想向任何不知道你走过多远、吃过什么以及去过哪里祷告的人详细描述你，对你所面对的一切直言不讳是一种庸俗。我看过你的生活，无论哪一方面都很不幸，但却以一种我并不理解的方式被庇佑着。我觉得你最喜欢自己被描述为一个敬爱上帝并努力变好的人。我想我知道真正的神圣是什么了，因为当我说我希望可以再回来，让你见见我的儿子时，你将某种神圣传递给了我。你说：“你一定要回来，因为现在我们是一家人了。”

你给了我所收过的最棒的馈赠，并向我表达了谢意，这再次使我沉默无言。其实你什么都不用说，“哦不，谢谢您”是我们都想表达的感激。我满怀谦卑，很清楚自己永远做不到不辜负那馈赠，但每天早晨醒来，我都会尽最大努力去实现它，并为它感到无上的崇敬。

亲爱的救生索

你和我朋友结婚的那天，我开车去婚礼所在的酒店。你站在车道上，为驶入车辆指示方向。

我摇下车窗向你挥手，你咧着嘴笑着跑过来，六尺四的大个子屈身进车窗和我行了贴面礼。我问：“她怎么样了？她在哪里？”你面露喜色，抬起双手，其中一只放在胸口上，说：“哦，你绝对不敢相信，她还在里面正哭着，已经哭了一天了，就像这样。”说着，你用手指在脸上滑出泪水的痕迹并做出小丑痛苦扭曲的表情，“她就是一直在哭。”

在你表演她的痛苦模样的时候，我也把一只手放到了胸口处。想到在婚礼当天的早晨哭泣的可爱新娘，你笑了。

我说我可以过去看看她吗，你说：“当然了，她很想见你。看到你她可能会再次哭晕过去。真是史诗般的哭啊，我是说，就像契诃夫[1]笔下的人物，她太令人惊奇了。”

我摇上车窗，你跳着一小节踢踏舞步后移了一些，朝我挥挥手，满脸的欢欣。我想：老天啊，我还从没见过这样的男人，竟以一个女人任性肆意的情绪发泄为美。她的眼泪没有让你觉得烦扰，你就在车道上跳着零星的踢踏舞，欣然接受自己即将娶一个情感充沛、坦诚得无法遮掩情绪的人。

婚礼简单而又温馨，除了一个场景，就是当新娘到了通道口，和你相隔十五英尺的草坪时，她停下了，眼泪泫然欲下。我们都转向她，等她走过去，但她站在那里一动不动，回视宾客的每一道视线。这一刻，每个人都为新娘的美丽而喝彩。在婚礼这个日子，即便新娘长得并非明艳不可方物，宾客也会觉得她很可爱，何况我的朋友本身就长得很美。她慢慢走了几步，想确定是不是所有来宾都把注意力集中到你们对彼此的宣誓上了。她眼眉低垂，视线

① 安东·巴甫洛维奇·契诃夫，是俄国的世界级短篇小说巨匠，是俄国19世纪末期最后一位批判现实主义艺术大师，与法国作家莫泊桑和美国作家欧·亨利并称为“世界三大短篇小说家”。

在人群中逡巡，满脸虔诚的渴望。那一刻，如果我稍稍出神了，也会因为她而扯回注意力。有经验的大多数人都说这一刻被遗忘了，而她想让人们记住。

九年后的一个夜晚，我给你打了通电话。我不知道当时的我是需要有人倾听呢，还是需要有人陪我说话。那几个月，每晚孩子睡下后，我就站在外面，冷得缩成一团。有时我给朋友打电话，接着在他们接起前挂掉，我觉得没人想听我抱怨，但我又没有什么好事可说。

我站在花费不少、价格严重虚高的转租房屋的小阳台上，看着炮台公园里的灯光。我能看到对街公寓里的住户，有的是一家人在装饰圣诞树，有的是一家人围坐在沙发上看电视。我回想起自己曾住过的不计其数的处所，以及曾经的某个时刻，这里对我而言是多么美好的宫殿。我换了只手拿电话，好让这只手在口袋里温暖片刻。我突然发现自己拨通了你的电话。我反复摩挲快冻僵的鼻子，鼻尖才不至于没有任何知觉，这时你接起了电话。

我说："我就是想找个人聊聊。"

你说："好的，我听着。"

我说："孩子们都睡下了，今晚我就在等他们睡觉，然后我就可以喝一杯了。”

你说：“好的。”

你说：“别的还有什么？”

我说：“呃，我以前不贪杯的，这是我不够好吗？”

你说：“我不知道喝酒也是不好的事。”

我说：“我坐的这里太黑了。我真的很讨厌自己的人生，有很多讨厌的原因，有些原因不能说，我要开始说可以说的那些了。”

我听着自己的声音，那些理由叠加在一起的负重感让我无比厌恶。我因为此刻的畅所欲言而兴奋，但却不是很舒心。好几天了，我都没有和一个成年人真正地说过些什么，又担心我说的是不是太过冗长和拖沓了。

我说：“我得振作起来，我是一个母亲，这样不够好。”

你说：“好的，为什么你需要足够好？”

我说：“为了孩子们。”

你说：“你是一个很棒的母亲。”

我说：“今天早晨我不是。”

你说：“你为自己举了一个很好的反例，这真是令人信服。”

我问你这话是什么意思。

你说："我刚听到的是你在审视自己，并且说你为自己糟糕的命运感到愧疚，你就像是在读写好的脚本，你知道我是什么意思吗？"

然后我说："是的，但我没有新素材了。"我又问，"我该怎么办？"

我们聊了很长时间，自由女神像在那边闪闪发光，好像在提醒我为什么这转租的房子那么贵。

状态不佳时给别人打电话是冒险的行为。离开女儿出生的埃塞俄比亚村庄时，我需要找个人聊聊。那段经历就像梦境一般，我觉得自己快要精神错乱了，回想这一切，我的脑子里就开始晕乎乎地转着圈。我的脸贴着车窗，问司机我们可不可以停下去买张电话卡，我想打个电话回美国。父亲接起电话，我就开始说了，我说我只有十一分钟，接着他让母亲接起另一条线，他们都静心听着。母亲表示很惊奇，而父亲给我的感觉就像是在我身边——我真希望有一个词能表达出"明明不在身边却就在身边"的感觉。他没怎么说话，也没有敷衍的感叹，但在他的沉默中，我知道他都明白，我知道电话挂掉后他脸上会是什么表情，我知道那晚他会躺在床上，什么都不思考。这听起来是一件小事，却内涵深奥：那通电话多么紧密地将我和他联系在一起了。我知道经过那天的所见所闻，我不可能还是以前的自己了，我急切地需要一个听众，而父亲做得恰到好处。他仿佛就在我身边，声音里充满感情。站在非洲破败的路上的我从来都不是一个人，很多猴子一直在我头顶的树上跳来跳去。

我记得你那晚的声音，充满男性的理智，而当时我就需要一个男人的声音。

你说了两件事，你说：“你需要放松休息，一天就好，你能做到吗？”

我说：“也许吧，我会试试。”

你说：“对的，试一下。”

然后你让我帮你一个忙，写下一些好的事情并发给你，你说你每天早上起床前都会这么做，你躺在那儿想：我清理了蜘蛛网以及摆脱了妒忌的情绪。你说：“结束你已准备好去迎接的战争——主要是针对你自己的战争。”

我说：“人们怎么会这么对待自己？”

你说：“嘿，每当一天过去一半的时候，我就想猛敲自己的脑袋，我想开车从桥上冲下去，我能感觉到渗入喉咙的苦涩，它让我觉得干涩、不幸。”

你说：“我跟你说，我只想摔东西，但是我会问问自己：我能做什么？我怎么能成为某个人或此时此刻的附庸，我能做些什么改变？”

你说：“谁没经历过自我厌恶呢？但你必须走出来，即使是把它当作一个玩笑。总是纠结着不放，你会承受不住，谁又没有体会过彻底的绝望？”

你说：“妈的，谁不懂，谁都会感觉特别糟糕。”

我知道，你并不知道自己有多伟大。大家都知道你是个怎样的人：你是一个称职的丈夫、一个负责的父亲，你不会把自己放在第一位，这一点使你弥足珍贵。即便你从不大肆宣扬，但我知道你有多可敬。在大多数同龄人深陷不同程度的自我贬低时，你却在努力与之抗衡。听你说起这些事，就像是在说着你孩童时期的经历，而很多人却把它当作一生的借口，它于他们就是“越狱”通行证。而事实却是，他们毕生都要承受并且永远无法逃脱，你却无可指摘。

我说：“好的，我已经让你看到那么糟糕的一面了，我留给你的印象再也不是那么纯净了。”

你说：“当然不是，我现在对你有一个正确的看法了。”

我问你我的朋友怎么样了，我希望可以去看看她，我想念她了。

你说："你知道吗，她会为你披挂上阵，她那么爱你，我也是。随时欢迎你来。"

我说："谢谢。我尽量不会这么做，但是如果有需要的话，我能——"

你没有让我把话说完，你说："是的，来电话吧，这对我也有用，对我也好，打电话来吧。"

我说："好的，没什么正面积极的话可说真烦啊。"

你说："妈的，我希望你别这么想我，因为如果我给你打电话说，嘿，是我，我现在特别讨厌自己，你会怎么做？直接挂我电话，说这人真没用？"

我说："不。"

你说："我没这么想，去写那张列举好事的清单吧。"

我说："谢谢，真心的，回聊。"

你说："睡个好觉，我手机会一直开着。"

亲爱的邻居

“我这么做了，我拿那个东西了。”

“蜂巢？”

“当然，蜂巢。”

我问道：“有多大？”

“不知道，大概有……”你把你粗糙的手分开大概六英寸比画给我看，“大概是这样。我把它浸到蜂蜜罐里，又把它举到空中，所以它们找到我了。”

“哇哦，好吧。然后你……怎么做了？”

我们坐在我那有门窗的阳台上，你的视线越过一棵树，落在采石场那边。

“我会跟着工蜂走，有时候会点个小火。”

“用什么点火？点的火多大？”

“火柴。火多大并不重要，你知道，就只是……小火。蜜蜂们冲出烟雾，飞进蜂房。”你耸耸肩，“有时我会在它们身上撒些面粉，这样就比较容易找到了。”

“好的，之后你做什么，抓它吗？”

“抓那只工蜂吗？不，你先别问。”你举起一根手指，“我跟着烟雾，因为蜜蜂飞行的轨迹是一条直线，一条笔直的线，于是我就跟着它。”

我把枕头重重地摔在了我正坐着的长沙发上：“什么！你跟着它了？跟到哪里了？”我笑了，我不相信你是这么做的，也不相信你会这么做。你也笑，笑得前仰后合，不停地用拳头捶打着自己的膝盖，还摘下了帽子。最后你把手放到肚子上，深呼吸了一下。

“噢呀，哈哈哈，那只工蜂。”我还是咯咯笑着说。

你说：“停，你又要引我笑了。不管怎么说，那只蜜蜂肚子里塞满了蜜，我跟了它一会儿，直到它消失了。我标记了一下它消失的地方，返回来，重复前面那一系列行为。你相信吗？你肯定觉得我太傻了。”

我惊奇地摇摇头说：“不傻，你就像疯狂的灰熊亚当斯[1]。这样的事情什么时候结束？”

“呃，这得看情况，得看看是不是——”你停下了，觉得自己太过喋喋不休，双眼满含歉意地看了我一眼，“你真的想听吗？”

我说：“当然啊，你想什么呢？看着我，这比《飘》[2]有趣多了，我深深地被吸引了。”

你脱下帽子，揉了揉眼睛。今天早晨四点你就起床了，给所有动物喂食，还进了趟城，查看了你的某个工地。

你说：“哦，我才没那么有趣，你这么说只是礼貌使然。”

我吐了吐舌头说：“快点说嘛，讲完这个故事，那只蜜蜂到底怎么样了。”

“好的，呃，我得告诉你，上周，”你忽然降低了音量，“我最后来到了一间废弃的房子里，因为蜂房就在墙上！”最后一句话你是喊出来的，仿佛墙是一个什么妙语似的。我也笑了，但不是很清楚为什么要笑。

我让你告诉我整件事情：你是怎么找到那所房子的，

---

① 指美国西部电影《灰熊亚当斯的一生》中的灰熊。

② 美国著名作家玛格丽特·米切尔的长篇小说。

你跟房主说不买那间房子而只想买其中一堵墙，房主是怎么回答的。你自己拆毁了那堵墙，收了大概三十磅的野生蜂蜜。这是真正的野生蜂蜜，不是市场上卖的那些声称是“野生蜂蜜”的蜂蜜——其实它们根本不是野生的。

“我给了房主他们一桶蜂蜜，他们简直高兴坏了。”你呷了一口咖啡。

我说：“不会吧！”你耸耸肩，“那……哇哦，你太厉害了。”我指着你的咖啡问，“需要我热一下吗？”

“不，不用了，我想再来点这个，还有吗？”你拿起还剩一点的松饼，稍稍有些不好意思。

我飞快地站起来，向你做了个停的手势，好让你等我回来再继续讲。我走了几步又折回来端走你的咖啡：“我给你换杯新的。”我说着，端走了那杯咖啡，“要果酱吗？”

“哦不，你做的松饼不需要加果酱。”你摸着身旁长凳上一个大的金属十字架的顶端，“真好看。”你说着，像是对十字架说而不是对我。

我走进厨房，用蒸锅煮牛奶。厨房巨大后窗外的天空中点缀着树影的绿色，相较印象中四年前的颜色，如今更为浓厚。你教过我们那些树的名字，还考验我的孩子们，每当他们能正确说出哪棵树叫什么名字，你就会奖励他们一美元。这只是你向我们展示的乡村生活中的冰山一角，而你对我们以前的生活几乎完全不了解。

你说："哦，谢谢。"接过我递给你的热腾腾的松饼，"你看看，你要把我宠坏了，我不配受到这样的待遇。"

我说："我加了糖浆和杏仁粉。"

我希望我们能把你宠坏，就像你宠我们那般。我们努力克制想打电话给你的冲动，但有太多事情超出了我的掌控——壁炉、木匠蚁、被不明物体咬了一口。而这些你都懂，你很了解植物和虫子，所以我们还得寻求你的帮助。我从不觉得你嫌我们麻烦，你妻子也不会。每次我们在花园里遇见，她都会热情地拥抱我们，或者站在家门前冲我们挥手打招呼。谈话中她起了身，一头浓密的红彤彤的头发闪闪发光，手里时常拿着一个咖啡马克杯："他们说你的水槽出问题了？"或者"我们留在仓棚里的大蒜你拿到了吗？"她知道如何使充满无数变数的乡村生活有条不紊。她和我谈论她正在读的书，给我们送来她女儿刚做好的烟米面包。"还热乎的。"她说，"你想象不到这有多好吃，尝尝看，你肯定会觉得我真是送来了好东西。"我回送给她苹果派以示谢意。

你的池塘结冰了，我们都穿得暖暖和和的，孩子们在冰面上溜冰。你儿子在教他们玩冰球，你就躺倒在网前面抓冰球。我们在帐篷里生了火，浓浓的烟雾四处弥漫，我和你妻子被熏得泪流不止。孩子们烤棉花糖，很晚才睡。晚些时候，我去看他们是否睡安稳了，有一个孩子的下巴上还挂着一片棉花糖。

你说："他们永远不会忘记这些时光。"我也这么觉得。我担心我们就像你跟我说起的那些蜜蜂，孩子们总喜欢围着你，叽叽喳喳地问："你什么时候会再用四轮雪橇拖着我们？"或者"你会跳进池塘里吗？"

你每年都能收好几加仑[①]的野生蜂蜜，尽管对蜜蜂过敏，你还是坚持自己收。你说："哦，我穿上工作服就没问题了。"你追踪野生蜂房是一套完整的过程，你要给工蜂放诱饵，每次都要跟着它走上二十英尺[②]，持续好几天。

"有一次我在蜂房里看到了蜂王，它太好辨认了，因为它像你一样高，随着不同的音乐起舞，它好像听的是爵士，而其他工蜂听的是重金属摇滚乐。"你笑着摇摇头，

---

① 1加仑（美）=3.785 412升。

② 20英尺=6.096米。

“是不是特别蠢？它们几千年来一直这样，难怪‘直线’这个词的构成是‘蜜蜂加线’[①]，就是因为这个。”

“你找到上面有蜂房的那棵树之后会怎么做？”我问，“把树砍了吗？”

“哦，没有，我只是做了个标记。”你又演示了一下自己刻名字的首字母的动作，“然后这棵树就是我的了。”你又耸耸肩。

“就这样？”你有那么多树，你又如何做到掌握每一棵树的情况的。

“就是这样。我不是什么都不做，只是我有耐心跑那么远，蜂蜜就在蜂房里，就是这样，别的我也不知道。循着某些东西，我就能找到，你知道，我和那些树冥冥中有某种感应。”

我说：“好的。”我试着想象自己也像你那样花时间去找某个东西，只为了在上面做个标记，将那一瞬间刻入树皮。将来的某一天也许会有人用手指抚摸过，猜想我是谁。

来我家做客的朋友都十分困惑，他们特别喜欢你的朋

① 英文中的直线（beeline）由蜜蜂（bee）和线（line）合成。

友们进进出出。你的朋友们像会讲很多故事的查理叔叔，但却不是你的叔叔；也像有无穷精力的爸爸鲍勃，却不是你的爸爸。

我朋友黛布拉说："天啊，你们太像和谐的一家人了，也许你可以做莎莎的表亲。"她抚摸着地窖围墙，惊讶于这是你用从工地拿回来的剩余的零星金属和砖块亲手砌成的。没有人敢相信所有东西都是你自己做的，并且愿意和刚认识的人分享。你进来打声招呼，给她带来几瓶枫糖浆和几小袋自己种的大蒜。你说，你这儿总像是在过圣诞节。

之后，我忙着做曲奇饼干，差点没听到你敲门。我走到前门，看到你站在门的另一边，手里拿着一条六英尺长的黑蛇。

"看我发现了什么？"你说，捏着蛇脖子把它举起来，"我刚走上几级台阶，就看到它正向你爬去。"

我尖叫了一声。你抓住了我的蛇，或者说，你抓住了我看到的那条蛇并把它制伏了。

我问："你也是弄蛇人吗？"

"哦，快别说了。"你嘘了嘘，却像所有男人一样，因为抓住了想抓的东西而高兴；而我，和所有女人一样，因为一个男人抓住了企图伤害我的东西而高兴。

我走出来，摸了一下蛇，黑色的蛇皮在光线下闪着绿光，走近些还能看到它身上黄色的斑点。你说："它很漂亮，不是吗？"

我说："就是这条，你怎么知道它是冲我们来的？"昨天我家保姆给你打了电话，因为我们在车道上看见它了。她吓得脸色苍白，而我怕得全身血液都凝固了，甚至都不敢给它拍个照。我想确认它是不是毒蛇，她像疯子一样大叫拉着我，结结巴巴地说："它们会飞，有些蛇会！不，是真的，我确定有些蛇会飞！比如，飞到你脸上！"

你很快就开车过来了，带着步枪，准备杀死那条会飞的蛇，保姆一定是把动画片里的松鼠和蛇搞混了，你澄清说蛇不会飞。你没有找到那条蛇，但第二天你又过来了，虽然你也不知道自己为什么要过来，巧的是，那条蛇出现了。你一定已经习惯了我的诺基亚都无法明确显示我给你打电话的频率。

"有时候我就是能感觉到。"你耸耸肩说，手里还捏着一条六英寸长的蛇，这让这一动作显得十分可爱。我突然想到你一定是因为经历过太多风雨，所以才不会被蛇吓到。你说，你曾在一次溺水事故中失去了两岁的儿子，这让你一度低迷，甚至想过放弃人生，从此以后你再也不敢随便冒险了。那样的悲痛一定使一条蛇显得愚蠢而微不足道。

我问："这蛇有毒吗？"蛇没有一点力量了，它充满攻击性的脸看起来有些绝望，任人宰割。

"没有。它怕你。它当然会攻击，不过是在受到威胁的时候。在这儿蛇还是很重要的，它可以消灭老鼠。听着，你最好还是砍掉这棵枫树，不然如果来暴风雨了，它可能会被吹倒砸到房顶。"

我看着枫树，它不能再用来做枫糖浆了，可我还是不想砍了它。

我问："今年情人节我们还提取树液吗？"

你说："是的，你还做我的帮手吗？"

我点点头："我要挂木桶。"糖浆发出的"乒乒乓乓"声和"叮叮当当"声像乐队的击鼓声，可以让我静下心来。安静地坐听那声音，像是进行了一场奇异的冥想。你教我挂木桶和在枫树上钻洞的第一天，你一直在找最佳的位置。找到后，你让我坐下，闭上眼睛。我被悦耳的树上液体的流动声和滴入金属罐的敲击声环绕着。

你对我说："这样的音乐你在城市里是听不到的。"

几分钟后我睁开眼睛，向你竖起了大拇指。太阳拨开层层白云，你抬头看了一眼，说：“现在这么做。”你抬起我的脸面向阳光，“再闭上眼睛。”我照做了。你说：“你感受到了吗？感受到阳光洒在脸上的温暖了吗？”我说我感受到了。你说：“那是上帝的手在抚摸你的脸颊。”

今年冬天，我们很可能会挂上二三百只木桶。去年我忙着给大家准备午餐，忙着给孩子穿上或脱下雪地鞋，今年我不想再错过了。我们坐着你的卡车四处逛，帮种了枫树却不会提取树液的人家提取树液。我们开着车窗，听着天狼星卫星广播，木桶咣当咣当地撞击着卡车边。我筋疲力尽地回了家，觉得自己正慢慢变成一个开拓者，一个会做黄油的开拓者。

现在，我正看着你回到卡车上，你冲我挥手并说今天早上谢谢我的帮忙，声音盖过引擎声传来，你说：“我从你的倾听里学到很多，谢谢你。”

我挥了挥手，走上门廊，看过小溪那边，我的新仓棚将会建在那里。我数了数院子里的枫糖浆罐，看着你慢慢向山下开去，越来越小。你用一只手开车，那条黑色长蛇从车窗伸出来，晃晃悠悠。

亲爱的山羊杰姆

你真可爱。要么啃咬着儿子的衬衫，要么在羊圈里透过窗户看着我。你脸上好像永远都挂着一抹神圣的微笑，我每次都忍不住要屈膝拥抱你的脖颈，轻拍你那毛茸茸的大肚子，拂去你灰色大衣上的灰尘。在你还很小的时候，我还能把你抱在怀里，但是现在，我和女儿两个人得用尽全部力气才能把你弄进谷仓。

你要明白，我纯粹是为了你才阉割了另一只山羊的。

这不是一次针对山羊生殖器的暴行，我准备阉割布利是一种本能反应，我想保护你。阉割钳已备好，可以准备抓布利了。

我要澄清一下：布利只是在按照生物本能行事罢了。当一只山羊醒来后，发现自己的阴囊里血液在沸腾，于是它开始猛撞树干、筒仓和母山羊。布利的犄角没有切掉，它若发动攻击，伤害力很大，更别提它是繁殖者了。它刚进羊群没多久，里面就多了三只小羊羔。杰姆，我知道这件事和你没有关系，因为你没有犄角，也没有和桃子或梅利莎待在一起的时机。布利可能通过安全杆进入了围栏，趾高气扬地踱着步，咩咩地叫着。它美美地睡了一觉，梦中放了几个屁。它还雨露均沾，整个羊圈被侵犯过的母羊们挤作一团，舔舐自己的生殖器。这些姑娘看上去既心满意足又欲求不满，像是想敞开心扉却需要心理上的帮助，简直不忍直视。我打开围栏，发现她们正在喘息，相较之下，食物似乎对她们已经没有吸引力了。

布利，现在我就跟你明说了，从这儿，再到你的行宫，我看到你在撞击母羊们，有时你甚至心不在焉。你勾搭黛安娜·罗斯时，还为一只花栗鼠分心。我看到你环顾四周，像是在说："真的都在这儿了吗？"

杰姆，你要明白，阉割你的朋友布利都是为了你。它垂着硕大的睾丸、顶着尖尖的犄角来了，它会用犄角顶你，绅士山羊杰姆，这就是你和它的区别。

那天早晨我收完鸡蛋走出围栏时，你在角落里绕着圈子，我永远也忘不了你当时的模样，杰姆。你的脸上血迹斑斑，满是伤口，你的朋友把你欺负成了这样，我再也受不了了。几分钟后，布利小跑着过来了，我还在擦你胡须上的血迹，而它眼神冰冷麻木。

它蹒跚踱步，像卡利古拉[1]，也算是半个杀手了。

血淋淋的皮肤组织从它的犄角处滴下，落在旁边一只鸡的身上，这只鸡疯狂地乱蹦乱跳，想逃到猪崽圈里，这里几乎成了《小猪宝贝进城记》[2]的可怖的实况转播。我奔到邻居家，狂乱地打着手势让他关掉台锯，我跟他说你受到了攻击。他也很惊恐，他走进谷仓，拿出阉割钳，我们等行家路易斯来帮忙。

之前我曾放倒过一些母羊，准备在它生小羊之前给它剪剪犄角或私处的毛。这并不容易，需要多些人手帮忙，来把它绑到杆子上。而如今，想放倒布利就更不容易了，我坐在它身上，被甩得前后剧烈地晃动，邻居握紧它的犄角，路易斯躺在地上，抱住它两条后腿。这只是为了让它进围栏，之后我们才能计划下一步。

---

① 盖乌斯·恺撒·奥古斯都·日耳曼尼库斯，为罗马帝国第三任皇帝，后世史学家常称其为“卡利古拉”。卡利古拉被认为是罗马帝国早期的典型暴君。

② 1998年上映的澳大利亚电影。

杰姆，可能是我想多了，当时你咩咩地叫，布利似乎在回应你。

杰姆，你对它说了什么？你是不是说：“兄弟，哪怕你没有睾丸，也会很厉害！”不管你说了什么，布利都听到了。苍蝇们在嗡嗡地乱飞，它看着干草上的母羊们，知道她们在等它过去逐一临幸。它知道自己再也做不到了，所以它转向了我，一脸悲哀，仿佛在说：“女士，我准备好了。”

邻居停下了，我们看懂了彼此的想法。他拿起钳子，切掉了布利的犄角，这是我这一生中最为纷扰和疯狂的经历，场面血腥而狂乱。你的朋友布利还能享受几年山羊的爱情，但它再也无法伤害你了，杰姆。这足以使它冷静下来。

上周，我们把布利移到围栏后面，靠近猪群，因为母羊们又开始发情了。你就在那儿，杰姆，监视着那些未来羊妈妈，这工作你再适合不过了。可爱的山羊爷爷，我又多了解你一点了，你从来不想做一个父亲或浪子，而这让你很光荣。

亲爱的小猫头鹰

你还没有成形，以最完美的状态存在着。在你的眼睛睁开前，我就是你的双眼。你还没有接触过空气、颜色、雪花，甚至也没有接触过妈妈——她可是我朋友！她在我面前躺下，准备生出你来，丝毫不觉得尴尬！你同样也没接触过糖果和亲吻，彼时猎鹰、警句和遗憾离你更加遥远，此外还有痛苦，我希望你永远不会经历这些。

在你会开口说话前，我要告诉你：力量是个谜团。它往往不是表面那样，但当它看起来像是别的什么了，那就是力量了。尽管这样，你还是要勇敢承认自己目瞪口呆并仍然不屈不挠。哦，很“简单”？这也是恶作剧！如果它真的存在，它也可以换来你用以得到它的东西——什么都没有！哈！

你要准备好毅力、敏锐和皮礼士糖果[1]，小心愧疚的愉悦感，最好打开享乐的闸门，接受享乐的洗涤，徜徉在愉悦的海洋里，不怀丝毫的愧疚感。即使说长道短、让孩子失望了，也要努力避免愧疚感，为没有读过普鲁斯特或没能及时借出车而不好意思吧。别说谎，说谎会让你的灵魂慢慢“腐烂”；如果是非说谎不可的情况，那也只能说说谎了。在这种情况下，说谎说到眼球掉下来、鼻子长得触到地面，说谎说到当你羞愧地低下头求得原谅。

能够意识到自己比别人少了什么是很有用的，接受甚至庆祝这份缺少，因为嫉妒是毒药，它会让你胃酸倒流并散发恶臭。我相信待到时机成熟，你会知道科罗拉多、披头士和高速公路；你会对自己的善行保持缄默，不大肆宣扬；你会无私奉献，却不为自己考虑。我知道你会自己做出判断，你会被欣赏。

我知道你就要来了！随时都有可能！我就站在你妈妈身旁！但是，天啊，这附属充电板上发出的是什么声音？我从刚开始的几个节拍就知道这首歌是什么了，哇

① 一种水果糖，深受美国人欢迎，口味好，盒子上有色彩缤纷的卡通头像。

哦，不，我不会让它继续的。我不能让这首歌继续播放，像原子污水一般渗透进你的产房。我犹豫着要不要打断这剖腹产，我朋友的肚子正像终极游戏里的飞盘一般在一只只手中传来传去。她戴着蓝色浴帽幸福地躺在那里，没有意识到歌还在放着，而你快要出生了，你即将“开始自己的人生”。天啊，我怎么能让你听到的第一首音乐就是“×××是××”。我能想象到你听到了音乐，然后抓住脐带，吓得急忙缩回子宫，拉上保护层。所以我礼貌而坚定地请求护士：“先生，我知道您现在很忙，但我有一个道德上的请求，我需要音乐播放器的遥控器。很抱歉，但是这首歌不适合现在放，所以一定要换掉，您能告诉我遥控器在哪儿吗？”护士指了一下，我冲向遥控器，在关键时刻换了音乐，但是，如果不是鲍勃·马利[①]的音乐就更好了。所有的阳光和野蛮的欢乐倾泻而出，之后……医生那边传来轻轻的说话声，一切都发生得太快了！你出生了！

你被举了起来，像皇室那么高贵，除了注目礼别的什么都不需要。你诞生了，我们所有人都为你感到惊奇和向往。看着你还在滴着水，做出游泳的姿势，我产生了一种连

---

① 雷鬼音乐巨星。

爱这个字眼都无法形容的感觉，这是一种更为崇高的感情。

我去他们为你量体重的地方，你爸爸也在那里。他站在你上方，身体稍稍倾向一边，手背在身后，距离后背一英尺。他没有抚摸你，甚至都没碰你，我看到他的眼睛深深地回望，他知道这一刻会被我们忽略，而他想沉浸其中。在我们被准许进产房之前，我们待在大厅里，我们一个小时前就在这里了，他说："这是我第四个孩子；这里，这里是下一个。"然后他做了一个手势，好像把什么东西都一分为二了，仿佛是在表达这边是重要的，这边是混乱的，他接着说："在这一时刻，这唯一一个时刻，全部的我都在这里，没有任何一部分的我游离到了别处。"

现在，我看着他站在你上方，仍旧没有碰你。我看到他走出时光机器，走进如今这个画面里，走向你，你就是他所需要的力量。

然后他把你交给我了，小猫头鹰。我抱着你，我抱着你所有的过去和全新的现在，我把你交给你妈妈，她抱着你。我坐下了，看着她抱着你。

亲爱的医生

进医院时，我的意识所剩无几。我陷入昏迷时，你已经在用我永远无法掌握的医疗手段为我治疗。我想，罗杰斯先生哪怕向我解释最基本的医疗方案，我也听不懂。

我难受地睡着了，又在凌晨两点时醒了，身体左半侧传来受到重压般的疼痛感，我用手捂住嘴，这才没有大声喊出来。我在网上搜索"身体左半侧疼痛"，结果显示只有情况严重到吐血了才比较危急，而我现在只能咳出一些咸咸的非唾液液体。我走进卫生间里，吐出浅粉色的液体来，这应该是血了吧？我想回到床上，但是我开始不停地吐血，血的颜色逐渐由浅粉色变为深红色。保姆去接了个电话，她离开的期间发生了什么我记不清了。她回来后，我疼得翻来覆去，儿子让她赶快打911，女儿吓得蜷缩在床尾。医护人员到了，孩子们立刻起身。儿子抱着妹妹，向我这边示意了一下，仿佛是个负责指挥航行的船长。他努力伸长脖子朝我这边看，女儿受到了惊吓，使劲往一边缩，不知所措。但是很明显，她在用眼神告诉我别离开她，她的眼睛飞快地眨着，仿佛在说“千万别走，我不让你走”。我在她的眼里看到了一个孩子对妈妈的担忧，无论意识多么涣散，我都还记得。我在头脑中想象了这样一幅画面，画面在颤动，像是从观景器里看到的那种效果。

你知道吗，我差点就不在人世了。人们会为与死神擦肩而过心怀感激吗？我感觉自己得到了某种特殊的恩典，尽管其他人继续走着自己的路，而我落在后面了。

之前一连几周，我都感觉很不舒服，但医生说我只是单纯的感冒，所以我继续坚持克服那种不适感。但是到了晚上，一阵恐惧感侵袭了我的脖子和胳膊，我产生了特别恐怖的预感，有一个声音一直在说我没有完全脱离危险。这个声音太让我毛骨悚然了，我不愿相信，但一旦我独自一人或周围寂静无声时，我就开始颤抖。我很担心，只好选择忽略它，我要么去摸摸小狗，要么偷偷摸摸吸根烟。

一个周六，我觉得自己状态不错，等到上了楼，坐在床上，却发现自己呼吸急促。

我脱掉鞋，看着角落里的椅子，心里盘算着要不要把它搬走，然后又自顾自地耸了耸肩。

对面有一面镜子，我看着里面的自己，完全不像我，并且有些反感她。这个人各个零散部分的名称倒是对应的，但拼凑起来就不是我了：棕色头发——对的，黑大衣——对的，心神不宁的表情——对的，但我不理解为什么那个人就是我。我还记得几年前刚买这面镜子时，我穿着复古靴，在另一个国度逛着古董市场。她是谁？我为什么在谈论桃子和香槟？记忆中的那个人是我，还是现在坐在这里的这个人是我？为什么我觉得这两个人都在劫难逃？心里传来阵阵寒意，我忽然不知道该如何描述我的一生，我的生命里究竟发生了什么，又该如何去呈现它。我突然想到了九岁、十三岁、三十九岁和五十岁的自己，像喝醉了一般。这一切发生在我呼入一口气的瞬间，让我既目瞪口呆，又快乐不已，接着我呼出了一口气。

我的脑袋慢慢地前后摇晃着，思考着一个连我自己都还没意识到的问题：如果我死了怎么办，我觉得我可能要死了。

我的目光避开镜子，头依然晃晃悠悠的，我对自己说：“不，这想法太恐怖了，所以不能死。”我回头看了一眼，镜子里的我也在无声拒绝。

当我与死神擦肩而过，在医院里渐渐醒来时，我看着房间，感觉自己已经在这房间里死去了。我躺在床上，听着氧气罐里液体流动的声音，听着警报器和哔哔的信号声仿佛演奏着协奏曲，想象着所有这些声音突然暂停，房间里的每个人陆续退出。我看到了亮堂堂的大厅，朋友们应该站在那里，而你在解释我的情况。有人将我放入包袋并拉上拉链，我至少认得其中一个人的面孔，我能想象那个袋子从医院后门被运出去的画面。我的朋友尼基正要穿她那件印着箭头的蓝色短袖，她忽然放下手中所有东西，抛下孩子，立刻赶到机场，我能想象到她穿着同一件短袖回来。我脑海中幻想的场景，都有具体的道具和服装，不过，我似乎把同样处于其中的自己规避了。但当我想到孩子们被告知，他们这一次见我将是最后一次了，我想象的乐趣没有了。早上我被救护车带走时，他们勇敢地站在那儿，但他们担心害怕的表情却暴露了他们的内心。一切的恐惧应该在那一刻结束，而不该继续存在。

病房关闭的时候，是什么样的？仅仅是关掉了灯的开关，阻断了电流吗？你关掉开关，大脑告诉我们这里变黑了，但光子还会在墙上停留一段时间，即便停留的时长目前仍存有争议。若是我们也像那样停留一段时间会怎么样呢？用我们身体的某一部分作媒介。如果我们将来只会变成紫罗兰和鼹鼠的温床，那么这就有可能是真的。在我休克和胡言乱语时，我去了哪里？我感觉自己抽搐了，醒来后看到保姆在捂着嘴哭。我拼命抬起头，对她说："请别担心，我害怕时就会这样发抖。"后来，我问了其他人自己胡言乱语地说了些什么，房间里的每个人都说，我说的不是英语，嘴里发出的是含糊不清的音节。我不断听到的话语是"你不在那儿"。

朋友就住在世贸中心的旁边，她看见人们从楼上跳下来，距离近得能看清他们袜子的颜色，她丈夫叫她离窗户远点。他问她，你为什么要这么对自己。她说："总要有人看着他们的。"

她觉得，离开，就是把他们关在了外面。所以她留在了窗边，用眼神拥抱他们，和他们交谈。这使我好奇，他们是何时死去的，当飞机带着巨大的冲击力冲向他们时，难道我们不都希望那时他们已经死去了吗？还是说，他们的心脏承受不住强烈的冲击，在感受到一阵像是狂喜的飞行感后死去？他们有媒介吗？或者像动画里那样，他们的痛苦还有来不及说出口的再见会像一片云朵悬停在空中，但是，所有看到他们具象而支离破碎的躯体后不得不移开视线的人都看不到？

我清晰地感觉到，有一个半开的窗户在拉我进去。我听到了不好的消息，护士含蓄地强调："感染性休克、局部缺血和发绀。"某一时刻，我房间里至少有九个人，他们都在飞快地来回踱步。有人问我"代理人"是谁，要是我"有个万一"该联系谁。我一直在问，为什么我不能自己打电话？我含糊不清地说，我的手机在某个地方。我需要为手术中的某个治疗手段签同意书，而这一手段涉及刺穿肺部。我听见护士长大声嚷嚷："我一直都是这么处理的，别跟我说什么降温，妈的，拿点冰过来，算了，我自己来！"有更多面孔进进出出。你的一个住院医生说："你会有某种感觉的。"他拿起手术刀切入我的大腿，准备置入插管。他缝合伤口时，我问他："我会好起来吗？"他不像是在回答我，反而更像是在自言自语，他说："我们会尽最大努力的，我保证。"

第二天晚些时候，你来到我的房间，我有几个朋友也在。他们每个人都被要求戴上防护面具，并且不准碰我。你和几个同事准备出去喝一杯庆祝我挺过来了，听到你这么说，尼基脸色突然不好看了。我曾离死神那么近，这一念头在她脑海中越发刻骨铭心了。

我把氧气罩挪开一会儿，你立刻让我戴上。“你去哪儿？”我问你。

“就在这条街上，一家叫‘教区’[①]的店。”

我说：“真的吗？他们能不取这么‘兴旺’的名字吗？”

朋友亚当说：“不，傻瓜，他说的是像教堂一样的‘教区’。”他转向医生再次确定，“是吧？中间是a而不是e？”

你说：“是的，是的！哦，天啊，抱歉，确实是a，不是‘死亡’！”

“像神职人员。”亨特说道，这时晚班护士琼进来了。“看看这个，就是我一直说的纯金色！”她说着，举起我的导尿袋，在空中挥了一下拳头。

亚当说：“下次再说起你的尿，我就会想到纯金色。”他的声音被防护面具减弱了一些，“以后可别在我

---

① 此处医生所说的店名是“parish”，意思是教区；“我”以为是“perish”，意思是死亡。

面前说起你的痰了。”

我看到了人们为挽救生命所做出的种种努力。我的生命在顺从中失去，在反抗中获救。我知道，要从占绝对优势的角度来看待道德高度，而不是以含糊的态度。最重要的是，当我意识到自己只有力气承受那么多时，必须舍弃些什么时，于是，我丢弃了细微但锥心的消极想法。我不知道存在是真实的，还是虚无的。

医生，也许你也不知道，但我可以告诉你，你救回来的绝不仅仅是我的心脏。我不知道死亡是什么，但我十分肯定死亡不是什么。死亡不是女儿因为售货员让我给她买了不舒适的鞋垫而拒绝试穿鞋子，还怒气冲冲地走出商店时说的“我希望你知道我很支持你，今天我们可以从对咖啡的品位开始吗”。死亡不是小狗从我钱包里叼出一包口香糖，吃了口香糖，还在包装纸上尿尿，最后乖乖地蜷缩在我腿上，让我忘了生气。死亡也不是我快折断办公室门把手后，才意识到我唯一的一把钥匙落在了里面。哦，所有这些都是奢侈的问题。死亡也不是有太多事要做，不是想大声喊，死亡是沉默的。死亡也许是诗歌，但死亡绝不是我坐着听儿子念的诗，不是他为最不起眼的配角起立鼓掌，也不是女儿承认自己说谎了，然后做的一个手势。死亡不是从以英语为第二语言的侄女那儿发来的一封完整的邮件，死亡也不在乎我读邮件时笑得眼泪都出来了到底是不是合时宜的。死亡不是晚上听着孩子的呼吸声，只为这一时刻，我希望自己的心脏可以一直跳动供血。我的心脏不是唯一获救的。也许失去母亲的悲痛，可以刺激他们努力追求更远大的目标；或者失去母亲的痛苦太难以承受，他们永远无法完全走出来。但我很感谢，你让我不必看到其中任何一种可能的上演，反而让我有机会站在云端和上帝争论，请他允许我继续留在他们身边，或者请他至少允许我用永生的痛苦换来成为一缕阳光的机会，当二十五岁的他们清晨从床上滚落到地上时，这缕阳光可以肆意地洒在他们身上。

正如朋友鲍勃神父所说的："医学比科学更加艺术化。"我相信最好的医生就是某种类型的艺术家。造物主本能地在帆布油画上挥洒了一笔，这一笔触不断扩散，最终回到神性，融合了判断事物相容性的判断力。

身体在预警生命所剩无几了，这对我而言真是太可怕了。如果这些预警还在苟延残喘，我是不是时刻都要提心吊胆了？它们也许会说："跑回家，别开门，现在快离开它——"如果这些预警仍持续存在，我又该怎么办？

如果我知道“持续存在”是什么意思就好了。父亲会说：“现在并不存在。”说到“现在”这个词时，他用手杖敲了敲地板说，“在你说到这个词时，它就已经是过去了。何时是现在？没有现在。”

这唯一的时刻，也已经过去了。在往后的时间里，唯一能留下的是孩子和旅行。星星也会死去，几光年前就是这样了；只有我们还在这里，竭尽所能地推迟我们死亡的时间。

亲爱的帅哥

我赢了个大奖，奖品是环游银河，途中参观几个可居住星球。我需要偕男伴同行。

宇宙飞船里摆放着巨大的长沙发，配备五十英尺宽的窗户，方便我们从各个角度观望地球。飞船里还有美味的奶酪和品种罕见的葡萄酒，你认得这些酒，因为你对珍稀酒种颇有兴趣。

陪同我前行的男伴就是你，帅哥。

你太高了，你的身高让人难以相信，又让人忍俊不禁。我深深陶醉于其中。我踮起脚，打了个哈欠，又亲了你一下。我们走进大厅里，你一直看着天花板，然后擦了一下上面的脏东西，举止自然得像是将披肩和王冠落在家里了。你像是因为心不在焉而将自己的权杖落在了出租车上，你内心深处不希望将任何人看作是低人一等。

但其他人确实低人一等。

你挥了挥手，想拂去一些令你不悦的念头，这行为无异于朝另一个人开了一枪。

你不需要枪。

你那么高，要是我躺在你身下（真是奇怪，我为什么不这么做——现在我可以这么做了，因为你和我一起来到了月球，在我的想象中，我们会环游内外太空），我可以完全藏在你身体下面。

宇宙飞船里放着你获得普利策新闻奖①的新闻，有时我也会拿着，装作是我获的奖，这让你哈哈大笑。你写的书也都在，你会不厌其烦地为我念你写的诗。你熟睡时，我会把你的书举到脸边，张大嘴呼吸，将你的一丝聪明才智吸入肺中。之后我会即兴写写诗，出声读出这些诗时，你会说：“我觉得那首写得很好。”

我会吻你，再给你拿一杯红酒。我会告诉你，你那么帅又那么高，然后再深吻你，扒掉你的衣服。你的身体会

---

① 1917年根据美国报业巨头约瑟夫·普利策（Joseph Pulitzer）的遗愿设立，20世纪七八十年代已经发展成为美国新闻界的一项最高荣誉奖。

是四十岁的样子，然后是七十岁，然后五十岁；我的身体会是三十五岁的样子，然后七十岁，然后我们会回到实际年龄，发现现实才是最好的。

那会是最美好的时刻，但我不会提前告诉你破坏气氛。你就拭目以待吧。

亲爱的紧急联系人

“别说了！出去！”

我说：“我没看到。”

你说：“没门！出去，不然我现在就停止你正打的吗啡点滴。”

“我发誓我没看到，谁在里面？”

你笑着说：“贝蒂·戴维斯[1]。天啊，她之所以被送去疗养院，差不多都是因为她那一字眉。”我回想着她那眉毛。

“一字眉让她情绪不稳定吗？”

“不，起初——抱歉我还是不敢相信你没有看过《扬

① 美国电影、舞台剧女演员。

帆》[1]——她长着一字眉，他们把她送去了疗养院。她在影片最后没有留一字眉，但除此之外，她就没什么问题了吗？我是说她本身有没有什么不对劲，你一离开医院，我们就去看看。”

我说：“我也想看看她的眉毛。”我慢腾腾地站起来，“我能走走吗？我想我还是可以走到大厅那边的。”

你扶着我走到医院尽头。今天你穿着浅色法兰绒裤子，配白色衬衫，虽说你是服装设计师，但你也太过时髦了。

“这儿太冷了，披件衣服吧。”你说着，将另一件病号服披在我身上。我老老实实地站着，等你帮我系好衣带。因为带子系得不对称，所以衣服就像披肩一样搭在我肩上。“不，这太像大都市的首演了，等一下。”你拎起长袍，对折，前面环着我的脖子，让结拖在我身后，“蒙头斗篷！但是……有点山本耀司[2]的风格，等一下。”你取下长袍，放在胸前，若有所思。

我问：“倒过来怎么样？”日班护士经过我们面前，

① 1942年上映的美国电影。

② 世界时装日本浪潮的设计师和新掌门人。他以简洁而富有韵味、线条流畅、反时尚的设计风格而著称。

问她可不可以换床单。“当然可以，谢谢。”我说着，一只脚插入长袍，你已经拎起袖子了，所以我可以直接把胳膊伸进去。倒过来穿的长袍像短裤。那个护士也看到了，“真有创造性。”她点点头说。你说：“嘿，不管怎么费事，什么衣服都可以倒过来穿。看！”你打量了一下我，我努力走出的猫步让你很满意，“连裤衫！像大约1973年马里莎·贝伦森[1]的风格，要是配上深蓝色开衫、宽檐帽和链带就更棒了。”

你第一次给我穿裙子，大概是在我二十四岁的时候。它是我第一条礼服裙，当时我不知道怎么去找一条礼服裙，也不知道它应该是什么样的。我一般都穿斯潘德克斯弹性材质或皮质，搭配中筒靴。我就是穿着这样的衣服来到了你工作的店里。你给我找来了最华美的礼服，尽管我不是你认识的什么人，不过你还是认真对待，一如之后你认真地做了二十五年的衣服。有很多衣着亮丽的人来你店里，但你将我和他们等同视之。对你而言，一个女人觉得自己美比她为自己的美而称赞你更重要一些，你的创造性越来越深入了。你不止一次抱着一堆裙子出现在我面前，

① 美国知名模特、演员。

说：“我拿来了这些，你一定会喜欢。但是，我有一个想法，我希望你穿上这件。”然后拿出你凌晨三点灵光乍现时所做出的耀眼的设计。

你时髦的表象很容易让人低估你的真性情。但是，我明白的，你不为人知地奉献出了自己的时间和金钱，就连写一张友善的便条都毫不怠慢。我也看到了你顺路捎上我女儿时，偷偷摸摸递给她的手提包。被抓住现行了吧？其实我看到的比你以为的多得多。

我不知道你怎么知道我生病住院了，不仅来看我，还不止一次地整天陪着我。你第一次来看我时，我刚脱离险境，还处于隔离状态，你戴着防护面具站在那儿，给我带来一堆发夹和发带。护士又进来了，要一个紧急联系人的联系方式。她已经来了三次了，但我真的没办法给她一个联系人。毕竟家离得太远了，朋友们很忙，而且还有孩子要带，我也不喜欢在夜里麻烦别人。

我问：“我能等等再给你吗？”

“别说了，写我吧。”你说着，把她叫了回来，“说真的，别说了。凌晨两点我还能干什么？我就是紧急联系人。”你一只手猛击了一下另一只手作为强调，“就——这——样。”

“但是——”我开口说。

“没有但是，听着，说真的，就这样。”

如果我还有力气的话，我一定会哭的。我可能真的哭了一会儿，那天的记忆有些模糊，但我确实记得你留下了联系方式作为紧急联系人。我知道我可以依赖你，毕竟我会在晚上十一点给你打电话，说：“嘿，我决定去参加艾美奖颁奖典礼了，你能给我做一件裙子吗？”或者“嘿，我想我下周六要结婚了，你还有我没穿过的粉色裙子吗？”

你陪在我身边，让我无比安心。医院长廊漫步结束后，我十分疲惫。你走出病房时，我已经醒了。我听见你和护士在大厅里说话。

“她已经做过检查了，医生说她不需要再做了，九点还要起来吃药，让她睡一会儿吧。说真的，每两个小时就要不明所以地让她起来真是够了，请让她睡一会儿吧。”

护士问：“你是她丈夫吗？”

“无论什么，朋友、丈夫都行，让她休息吧。”

我还记得一个月前，我在头脑中列举的圣诞清单，都是我梦想拥有的东西，希望圣诞老人能够满足的愿望。在脑海中，我拿起一支铅笔，开心地划掉列在前面的一项：

5. 紧急联系人

亲爱的未来女婿

首先，请你稍微晚点出现。她若能看到你的另一面就更好了，若是你给人的第一印象背后没有潜藏着任何其他可怕的面孔，她能安然地躺在你怀里。

不要遮掩着其他面孔。是的，我真心希望你没有。

希望你晚点行动，但也别太晚了，晚到以至于当你对她说你想给她幸福时，她都不相信了。

希望你能给她幸福。

请让她不开心，把你自己放在首位，有一段时间你需要这么做，让她承受其中的痛苦。当她受够了这种痛苦，她会更加有同情心。看着她像最后一波海浪，无声地拍打你。注意那沉默是如何向你逼近，她如何说着“自己受够了，你得改掉”。你会看到她开合的嘴唇，辨识出她说出的词组成的意思是“改变，否则我就离开你”。如果你不照做，这话会一直隐隐威胁着你。这威胁比她的话更加响亮。她不会哭泣，也不会乞求，她会意识到，即便自己是一个人，她也是强大而完美的，她不需要你。她说这些话的决心会让你害怕，你会为她改变，因为你知道没有人比她更值得你为之改变。

用你能想到的所有表达来提醒她，她很美。小心使用比喻，她母亲已经用滥了比喻来赞美她，她已经对诗歌免疫了。

提醒她诗意地生活。

如果她为你生孩子了，每天提醒你自己这句话里的第三到第九这七个字——她为你生孩子了。

如果你对她造成了无法弥补的伤害，我会找个人去伤害你，很抱歉，但是我只能这么做。是的，也许你有一个不幸的童年，但请允许我做一下自我介绍：你好，我就是那个完全不在乎的女人。

早晨给她一些热的饮品，给她时间准备开口说话，给她一个拥抱、一颗宝石、一束野花、一张充满爱的便条，或一首叶芝[1]的诗。

别在公共场合和她吵架，她的优雅不应以隐私被侵害的方式受到损害。这和忠诚有些关系，虽然我现在还不是很确定，但确实有关系。在每个人的面前都称赞她，即使她惹你恼火的那些日子也得这么做。得意吧！你让最可爱的女生降落到地上，为你而成了普通人，让许多人都知道你有多骄傲，让她也感受到你的骄傲，让她也为自己感到骄傲。

握起她的手，注意她的手多么像一件艺术品。

成为她兄长的朋友，成为他的兄弟。在他需要的时候，给予他帮助，也给他帮助你的机会。打电话给他，不必非要有什么理由；和她不定期去做客，只是为了让他们保持联系和维持信赖。

如果他说了有关我的特别恼人的事，请随意拿我开玩笑。我希望他们为共有一个只属于他们的母亲而感到欣慰，也希望他们拥有一个尽可能自由而独特的童年。我需要他们互相拥有，这几乎是我需要的全部。我的哥哥们保护并支持我，她也需要。如果有人轻视或恐吓她，她的兄

---

① 威廉·巴特勒·叶芝，爱尔兰诗人、剧作家和散文家。

长会立刻站出来，我希望你会同他一起。我看到他这么做过，尽管我反对他打架，我还是为他感到自豪。我的兄长陪我去车站，发现我由于不受欢迎而没有座位。他站在那儿，双臂交叠抱在胸前，似乎如果他们一直不同意尊重我，就永远都不放他们进来。他什么也没说，盯着街角每一个孩子的眼睛。他放狠话说，如果他们一直不愿意，他们以后的人生都会成问题。所有的纷扰都静默了下来，一个人偷偷摸摸地看了另一个人一眼，他猛地一转头，看到他们两人互相看了对方一眼，似乎不相信他的威胁。

他的眼神这么说：你们试试看，别以为我不敢。

汽车慢慢停下，我排着队，看到他还站在那儿，怒目四视。我想向他传达谢意，他的眼神看过来：这没什么。

我知道没什么，但还是很开心。不用说，我有座位了。儿子出生那天，我在另一个兄长身上也看到了这样一面。他来了医院，将所有无关人员赶走，好让我休息。他抱着儿子，读书给他听。他读了金斯伯格[①]的《嚎叫》和E. E.卡明斯[②]的诗歌，他为他唱了第一首摇篮曲《纽约，纽

---

① 欧文·艾伦·金斯伯格，美国诗人，《嚎叫》是其代表作。

② 20世纪美国著名诗人、画家、评论家和剧作家。

约》。他们一起坐在椅子上的情景，我将不断回忆。

确保你和她的叔伯和兄长交好，让她为你们的交情嫉妒。如果万一她忘了兄长的生日，提醒她；如果你有困惑，去询问他。对她来说，兄长在很多方面都会比你重要，我知道你会理解。我知道我向你要求太多了，但是记住：你已经赢了特等奖。

真心地祝贺你。她现在还在上中学，虽然她宣称自己永远不结婚，但我默默希望她和她兄长都能拥有我父母所拥有的接纳和安慰——由他们自己的另一半所给予的接纳和安慰。

好好珍惜她。上帝眷顾你，让你找到了正确的另一半。

亲爱的牡蛎采集者

你不会知道这封信的。

简单地说，我们都来去匆匆。我可不是在瞎说，在太平洋西北部，要是一个牡蛎采集者稍微慢点，他就无法生存下去了。你们中大多数人干这行已经好多年了，而刚入行的年轻人仅仅采集低潮期的一英亩就已经疲惫不堪了。

野生牡蛎并不便宜，但若是追溯到取下珍珠般滑片的时刻，你会发现，其实采摘者获得的报酬很低。请原谅，我不是在说你的工作地位低下，我只是想说，你至少应该获得和妇科医生相同的报酬，毕竟他弯腰驼背、戴着橡胶手套跳入深深的海水的时间可比你要少。你一周很可能要用坏两副橡胶手套，手套的作用不仅仅是隔开寒冷的海水，还要保护你手腕和前臂上的伤口，这些伤口是你撬开海床挖牡蛎时被钳子划到的。在及膝的淤泥里弯腰艰难跋涉数小时，你的腰一定很疼吧。有些软体动物的壳可以重达七十磅，我觉得这对你的身体来说一定是很大的负荷。

我想知道，总和大海相伴你是否会厌倦。每晚枕着海浪声入眠，一旦你的脚踝失去淤泥和海草的束缚，你一定会像宇航员那般轻盈。

我想象着你的容貌，向你讲述我们的故事，一个有关我们从未相遇以及我是如何得知关于你一切的故事。我想象着自己沿着海岸线走向你，等你注意到我。我一遍遍地重复这段想象，我们的声音淹没在大海不屈不挠的浪潮声中。我向你讲述那些抽象而又情绪化的事情，这些我曾和那些不曾认识的人都讲述过，但是你明白，你全都明白。

他们来抬走父亲，母亲不知所措地在公寓里来回徘徊，沉浸在悲伤之中，迟迟无法缓解。两个人抬着父亲的担架出了门，我们四个孩子跟在后面。我们又一次跟在了父亲后面，但这一次，父亲没有戴毛线帽也没有拿手杖。我们跟着进了电梯，门关上后，我们都走近父亲，他的身上盖着一块白布。我们都睁大眼睛一眨不眨地看着父亲，甚至都没有相互觑一眼。他养的那群猫头鹰一直注视着我们走到车库，他要从这儿被送去别的地方了。

当他们打开货车后门时，妹妹突然拿出一张照片，一张我从没见过的大照片。出于某种神圣的启示，她把父亲的照片给那两个人看："他曾经长这样，现在你们应该知道，自己运走的不仅仅是一个躯体，你们会明白我们转身离开时，失去的是什么。"

她说："他是——"但磕磕绊绊没能把这句话说完，她也不必继续说了。她没能说完那句话，脸上因急切搜寻能够描述父亲的恰当词汇而泛起的红晕，足以向那两个人表达她的意思了。他们明白了，其中一个人还轻抚了一下她的胳膊。他们看了看照片，轻声说他们会记得他的脸，并且感谢我们这么做。兄长们和他们握了手。他们充满了善意，很难相信他们运走了父亲，徒留我们这些成年孩子无助地待在车库里。他们善解人意而又满怀尊重，这是他们今天运走的第四位父亲，他们应当被授予某种奖章。

他们关上货车后门准备运走父亲，我知道白布下的塑料袋里装着父亲，他们带走了父亲。我想象着货车后门关上的声音，这声音从袋子里听起来是什么样的，会不会特别恐怖。而父亲仍是孤身一人，他不知道他们要带他去哪里。最糟糕的是，我一边解释一边向货车后门那里爬去；

最糟糕的是，我大声哭喊：“父亲怕黑！请不要让他一个人走！那里面太黑了，他不喜欢！”

他们把我从他身边拉开，我一直想告诉他们如果可以的话，让我一起去，我会安安静静的，但是没人同意，门关上了。妹妹想要抱着我，但是我猛地把她推开了，就连她脸上的伤也无法让我停止追赶车。我跑上斜坡，跑进无情的日光下，如同从地下冒出来的怪物一般。外面的光线太强烈了，货车缓慢而坚决地驶过停车场，我却追不上它。它驶入主干道，我在后面号叫着乞求它回来。接着，我停了下来，把手抚在脸上遮住阳光。我止不住地哽咽，除了哽咽以外，我什么也做不了。我没有地方可去了，也没有一丁点力气。我努力迈出几小步，但却找不到该去的方向，每一个方向都是没有出路的。我失去了父亲，失去了我永远的支持者。我在那闪耀的日光里跳着凌乱的华尔兹舞步，在那唯一一块知道我失去了父亲的土地上无助地旋转着。我一边捂脸痛哭，一边机械地转着圈，就像他特别喜欢的音乐盒里一直跳舞的小人——只有等到有人关上盖子，它才会停止舞蹈。

照片里，海峡上的雾那么浓，你工作的日子仿佛无穷无尽。你是否已经习惯了？你是否曾抬头仰望天空，期望有一缕阳光穿透那层幕布？我也想像妹妹那样，拿一幅父亲的照片给你看，我会给你看那张他吃着你的牡蛎，而我和兄长坐在他对面咖啡桌上的照片。照片里，我们是安详的，我们给了父亲他想要的，这也许就是最后一次了。把牡蛎弄到冷冻盘上，就像发射火箭一样困难，我突然明白了它们不仅仅是你前去海里然后取下来的东西。

我得跟你说清楚，我为什么那么努力地去找牡蛎，为什么要联系我能想到的所有人，即便他们和商会没有一点关联，为什么为了二十几只不论配料是什么的牡蛎会如此不遗余力。如果你知道故事的另一部分，你是否会觉得我这么做只是出于习惯呢？你是否理解我依然还是那个不希望让父亲失望的小女孩？努力寻找牡蛎不是我想让你看到的画面。

父亲是一名士兵。我想你应该会明白这种人的孤独的滋味。游行和庆典结束后，从二战回来的那些人还要和自己的内心抗争。父亲找到了继续生活的方式，但是五年后，朝鲜战争又一次将他卷入战场。如果可以划分地狱的层级，那么他在朝鲜面对的战争就是毁灭性的地狱。战况极其可怕，朝鲜一片狼藉，处处都是屠戮；刺骨的寒风吹打在脸上，战友尸骨碎片一路伴随着他回家，甚至在睡梦中，这些可怖的场景都会重现，母亲不止一次在他的尖叫声中惊醒。

尽管他只参与了越南战争的开端，但这场战争于他却是终结。他见过太多场战争了，于是在越战结束之前就离开了军队。他十九岁开始出入战争，而此时，经历了三场战争的他已经四十五岁了。从越战运回的尸体袋里的士兵们和他最年长的儿子差不多年纪。他退伍了，在一家银行上班，职务是银行经理。我们搬到郊区住，希望每天一家人都可以一起吃晚餐，希望永远不再接触枪。这是我住过的第一个不在陆军营地的家，我们养了一条狗，装了一架秋千，孩子们在胡同里骑自行车，黄昏时玩游戏。

县治安官这一职务有空缺，于是他欣然接受了，觉得公职工作比银行琐碎的政治工作更适合他，但后来却发现，这一职位更容易腐败。参军后的他显然无法融入这个社会了，这个社会可以逃脱责任、可以歪曲规则，而他偏偏不愿玩弄权势，他的道德标准也容不下任何污点。他不在乎你是谁，谁都没有特权。

哥哥的一个朋友有时会在我们家待上几天，他就像嬉皮士版本的爱迪·哈斯克尔，我们一家人都很喜欢他。他们十几岁的一天晚上，这位朋友开着他的大众汽车载着我妹妹去接哥哥，警车亮着红灯跟在他们后面。他想起车上有违禁品，开始慌了，让我妹妹赶紧扔掉，一向顺从的妹妹就把储物箱里的东西掏出来扔出窗外，结果没想到这么做会惹来警察的怀疑。她找到那一小包藏匿的毒品，就把它放进钱包里了，她觉得钱包是最安全的地方。当然不会有人搜她的钱包的，是吧？就在这时，警官出现在车旁，看到了她扔出来一堆东西：还是湿的男士泳衣、一些鲍勃·迪伦[1]的磁带、一个装着一颗钙化的马拉斯奇诺樱桃[2]的冰雪皇后空杯子。他用手电筒照了照他们，亮光在我妹妹的美貌前显得相形见绌，她露出一个迷人的微笑，发白的指节紧紧扣住钱包。警官说他只是想告诉他们车尾灯坏了，但如果她愿意交出钱包，他也许应该检查一下。他们被抓了现行。最终真相大白：坐在前座的可爱女孩居然是治安官的女儿，而这个高大的长发男孩则是一位关系很好的朋友。警察知道在这种情况下，应该把孩子们送回家。他深谙其道，于是没有给治安官的女儿铐上手铐，也没有押在警车后座带到警察局，但就这么送回家，还是很尴尬啊。门铃响时，父亲正和警察局长在

---

① 美国摇滚、民谣艺术家。

② 经常被加在鸡尾酒和雪糕、蜜饯中的小型甜樱桃。

餐桌上打牌。他起身开门，看到警官站在门口，背后站着两个男孩女孩。警官紧张地解释了一下相关情况，并说他觉得最好还是把他们交给父亲处置。他还在说着，父亲静静地站在那儿，点点头，平静地说："是的，谢谢你。带他们回警局做记录吧。"

然后在他们所有人面前关上了门。

他受够了旁门左道，在当地政客和他们的家属都希望能享有特权时，父亲的良心不允许自己满足他们的要求。他每晚都会惊醒，嘴里念着的全是亡人的名字，好像他不是治安官而是"验尸官"。许多个夜晚，他都在查醉驾致死的青少年案和被施暴丈夫捅死的妇女案。这一切对他而言太沉重了。所以，当一份低关注度的工作机会出现时，他辞职不干了。不幸的是，和这份工作有些关联的承包商和父亲有点过节，他曾为超速罚单行贿被拒。他走了后门，取消了父亲的职位。若说他一心想打击父亲，那么他非常成功地做到了。

父亲失业了两年。他越来越痛苦，越来越偏执，整天就是读报纸，徒劳地找着工作。太多空闲时间是对患有创伤后应激障碍综合征的老兵的致命诱因，它会唤起他们蹲在散兵坑里祈求天明的记忆，也没有什么能使他走出极度的挫败感。为了维持生计，他和母亲卖掉了所有能卖的东西。他们用房屋抵押贷款、筹钱、刷爆了每一张信用卡。如果之前他的脾气是无法预料的，到了现在，他完全就是病态的。

一旦他要发作了，我就会拉着他的胳膊，恳求他。我会说："别大喊大叫了，爸爸，我求你了。"我会站到他面前，或者拉着他的手强迫他转过身来看我。有时，他空洞的眼神越过我，仿佛没有任何意识；但如果他听到我叫他，他会回过神来，像一个不知道自己在哪里的梦游人。我会看到困惑和羞愧向他侵袭而去，而这是最难以忍受的部分。仅仅是羞愧这一点就足以使他厌恶自己了。他会在饭店吃饭中途忽然起身，在众目睽睽之下朝着某个人大喊。他会中途停车，走下车去砰砰地捶打引擎盖，嘴里脏话不断，让每个家人都陷入紧张的忧虑感，这时，我会重新把他领回车里。在他吵吵嚷嚷地准备向受到惊吓的店主冲过去时，我会哄他离开。他会扔椅子砸餐桌，玻璃杯碎了一地，食物四溅。我会听到他一再重复说——每次听到这些话我都感觉头脑发晕、面红耳赤——"我是该死的婊子养的！好吧，我一无是处，轻如草芥。也许我死了更好！"

我知道家里会立刻安静下来，母亲坐在厨房餐桌边，两眼放空发呆，细长的手指在玻璃杯上来回摩挲。哥哥会把自己关在房间里，听音乐。

我到足够大的年纪，才注意到家中的壁画移动位置是为了遮住父亲拳头留下的破洞，后来在没有人记得移画遮洞时，我会去移动壁画。我总希望自己可以活跃气氛，但我从来都不是那抹能够点亮氛围的阳光。我知道他抗争的对象比他强大，但我不知道他对户外的厌恶是由于他曾在严酷的天气里手握武器行军数日，而他周围随时都有人被枪射死。我现在仍然不知道他究竟在梦里看到了什么，究竟是什么总让他尖叫着惊醒。我只知道，他尖叫了，我也跟着尖叫。

等了两年，他终于找到了另一份工作，但是同样的阻碍总是重复出现，直到他退休。退休了，他也就不再觉得自己有义务将自己的道德准则强加给世界了。他累了，接受了自己无事可做、无处可去的现状，他开始将世界视为自己无数次险些失去的地方。他不再那么易怒尖刻，他和母亲共同的生活成了头等大事。母亲生了一场短暂但严重的病，这场病似乎使父亲清醒了。我始终觉得没有失去母亲的宽慰治愈了父亲。

父亲耄耋之年的一个清晨，母亲记得他在邻居面前和她争执了一番。过些时候，母亲看到他一手放在膝盖处坐着，盯着窗外看，若有所思。母亲问他："约翰，怎么了？"

他回答说："哦，该死，我觉得我没有尊重你的想法。我在别人面前让你难堪了，这样不好，对不起。"

他们那一代不会轻易结束一段婚姻，他们之间有着神圣的爱情，虽然私密却有显而易见的激情。这样的爱情只属于他们。即便一起生活了六十四年，那一瞥之中的亲密仍会让对方害羞地移开视线。

战后，父亲的战友们不止一个曾拉开母亲，对她说，是的，男人有很多应对策略，但她的丈夫是极少数几个不会迷失自我的男人之一。他们说："你可以把他灌醉，然后盘问，他只会一直跟你说娶到你，他是中了多大的头彩。"母亲脸红了。他喜欢女人，也喜欢和女人调情，但绝不会出轨，也不和出轨之人交朋友。他说："当然，诱惑可以理解，但我看不起屈从于诱惑的人。"

我的一个朋友曾说："见到你父亲之前，我不知道世界上还存在着这样的人。"这样的话我听过不止一次了。接触过晚年时期的他的人都觉得他亲切而开放，是一个可以和他聊任何事的人。他会觉得有趣的事情是“迷人的”，极好的事情是“令人异常兴奋的”，悲伤的事情是“令人心碎的”。童年时期他的狂怒脾气几乎全消失了，而现在他打开门后，我们可以看到一个宽容而乐观的人。他几乎痊愈了，但与此同时，我不知道在情绪的两个极端范围内，哪段区间才算是正常。情绪会遗传吗？它是否会渗透在我的潜意识里？是否一出生就有了，是否为与生俱来的权利？如果恐惧会刺激肾上腺素的分泌，污点真相大白时，害怕是否会直接蒸发？他的血液中流淌着这样的皮质醇，元分析结果显示，冲击会改变大脑的形状和大小。我的身体里有一半是他。

表观遗传学研究表明：对创伤事件的反应会遗传给下一代，像瞳孔颜色遗传那般显著。恐惧和愤怒可能是祖传的。我们喜欢看到士兵回家，他们的妻子和孩子飞奔到他们怀里，亲吻无数遍。我曾在机场倚靠着墙，暗中观察一群刚下飞机的士兵，我知道他们不可能将恐惧完全留在飞机上，他们所承受的某些东西也许会传递给孩子。这并不是在贬低自由意志或者责任这些具有英雄主义的东西，我只想说，经历地狱磨炼的遗传标记不会完全抹去。如果遗传力学是正确的，你可能一出生就会对某些闻所未闻、见所未见的事物感到恐惧。

他生病时，孩子们都窝在长沙发上靠在他身旁，他们不停地讲笑话来缓解气氛。母亲进来了，把手放在他肩膀上，问他是否需要什么，他说："哦，看到他们都坐在这儿开心大笑真是太好了。"他伸出手抚了抚母亲的脸庞，却没力气把脸凑过去，"但你是最好的良药。"

父亲对子孙辈有一种异乎寻常的骄傲。哥哥的足球队队友以为父亲是学校的老师，因为每场训练比赛或客场比赛父亲都风雨无阻地出现。父亲会站在那儿，看着只离开替补席位一次的哥哥。那次哥哥拦截了一个球却跑反了方向，最后被自己队友阻截抢了球。哥哥快郁闷死了，却和父亲开怀大笑，似乎犯了个蠢错比触地得分还值得高兴。下一场比赛，他又回到了替补席位，但从来不会觉得无聊，就像他来城里看我参与首演之夜的表演一样。他会害羞地问，可不可以到日常戏的时候还过来，还说如果那晚需要人充数，他有时间。他会提前几个月为生日或节日做准备。他会把我拉到一边，问我情人节应该给母亲送什么礼物——他问情人节的时候圣诞节都还没到。他不用以假期为借口，因为一切都已经提前准备好了。母亲孩童时期住过的房子被拆毁了，她非常伤心，因为当年父亲就是从那儿接走了她，带她去第一次约会。父亲开车到老宅，用手杖从废墟里挖出了房子的一块砖，刻上老宅地址，并站在废墟顶端照了一张相，这些至少可以给母亲留个念想。他会无所事事地坐着，思考着自己能做些什么让别人开心，然后去付诸行动。

他刚生病的时候，觉得应该告诉我们。母亲问他："我怎么跟他们说呢？"他说实话实说吧，但是，他又说："该死，我一点也不想让他们烦心。"

他病重了，我过来照顾他。几天后，我们找到了印度迈索尔的一位僧人为父亲祈愿。父亲自称为新教圣公会教徒，却对东方哲学和佛教很感兴趣，并对一切都持开放接纳的态度。他和僧人用网络电话聊天，虚弱得弓着腰，头靠在手杖上，嘴里还在念着"唵嘛呢叭咪吽[①]"。僧人问他感觉怎么样了，他试着直起身体，说："哦，我还好。你好吗？"

我扶他坐到椅子里休息。我要去对街住的宾馆一趟，需要大概一个小时。我走到门口，转向他问："需要什么吗，爸爸？什么都可以，有需要的吗？"他往里靠了靠，

---

① 佛教的六字真言。

思考着自己想要什么。他从来不喜欢开口要什么，也不会给自己除了书以外的东西，书是他的嗜好。给他什么，有时甚至是一杯水，他都会拒绝："不，谢谢，我正在开车。"我看着他在纠结，就知道他需要什么了。不用他说，我就知道，而我还竟然那么愚蠢地问他。如果这是一个电视竞赛节目，我一定赢了一辆车。他费力地说："我没有需要……我想，提要求太过分了。"

我伸手阻止了他。

我说："不不，不用说了，我知道了。爸，我知道你想要什么了。"我跑出公寓，跑出楼道，跑到街上，一路飞奔到我住的宾馆。匆匆关上电梯门按了我住的那一楼层，然后又立马按了按钮重回到大厅，飞快地跑到服务员那里，希望他们能有办法，但他们没有。服务员也无法帮我找来生牡蛎，那天晚上就是找不到一点牡蛎。他们建议去洲际的皮格利威格利商店买冻蛤蜊，再放到微波炉里解冻。

而此时此刻，你所在的太平洋西北部天还没亮，你就已经开始忙着在低潮里跋涉了。知道自己正在收获的是稀缺之物会不会让你觉得骄傲呢？牡蛎和大多数东西一样，直到找不到了，我才会想知道它们最终是如何出现在我面前的。也许那天早上，你在咒骂我们这些人，我们享受的美味，正是你以手臂上的伤口和脚上的冻疮为代价换来的。一蒲式耳[①]的牡蛎支付不起那些高档酒吧里的半打饮品。尽管喜欢优质海鲜，但父亲远不是奢侈的人。如果你们能够相识，他一定会热情地握住你的手，说："我叫约翰·帕克，很高兴见到你。"他是真心高兴。他会倾听你说话，时不时温柔真诚地歪着嘴角似笑非笑地跟着附和两句"太惊奇了"以及"太有意思了"。他的双眸如深渊一般注视着你，望进你的眼里而不仅仅是看着你，一如认真倾听的人们那般——即便他们自己开口说话，也没有忘记倾听。

他会带着我们的问题入眠，努力思考，哪怕只能提供微小的解决办法。几小时或几天后，他就打来电话，谦虚地提供自己的建议："你好，我是爸爸。我昨天晚上想到点东西，要是错了就指出来。"

谷歌、电话黄页，诸如此类都找过了，也询问过陌生人，向喜欢关注华盛顿区食品博客的一位纽约朋友请教，寻求快递员和餐饮供应者的帮助，反复不知羞耻地说都是

---

① 在美国，1蒲式耳相当于35.238升（公制）。

为了“亲爱的弥留之父”，反复地卑躬屈膝、请求、恳求，最后，竟然真的被我找到了。那晚，父母公寓的门打开了，我和哥哥拎着装着蛤蜊浓汤、玉米面包、一打野生小牡蛎和一打大牡蛎的袋子进来了。牡蛎是你采集的，不管你是谁，不论你在哪儿，你都是这个故事的主人公。

彻底查找相关信息后（工业革命时期，孩子们被迫剥壳，每天只挣三十分，这是人性狠毒的又一实例；而且，我不知道你是否注意到，非法收货者和无证采集者正将受到污染的庄稼船运到英国去了），现在，我知道了一些有关采集牡蛎的事了。先生，如果你的速度不够快、不够敏捷、不能任劳任怨、不能毫无怨言地承受痛苦，你的这份工作就保不住了。这一切都让你变得很像他，一个你永远不会认识的人。他一生曾忍受过无数次饥饿，下过煤矿干活，在战场和丛林中受过磨难；他没有得到应有的尊重，反而被背叛，被抛弃，被抢劫，被枪击。他头部中弹过两次，受过电刑，背着有故障的降落伞跳过机（之后在酒吧遇见了那个所谓的降落伞装配工，还请他喝了一杯，因为“他人不错，而且也承认了”）；他被欺骗过，一度陷入穷困的境地，只能等死；他经历过脑部和心瓣膜手术。即便经历过所有这些，在人生的最后关头，他仍心怀感激，他值得比这些牡蛎更好的东西。如果不是离死亡没几天了，他一定会穿着长筒靴、戴上手套过去，亲力亲为。但他去不了了，所以我们需要你。

看到你的牡蛎，他努力扯出来一个微笑。他抬起手摸了摸自己的深领短袖，说："仍然是我喜欢的味道。"

"哦，谢谢你亲爱的，你能看一下衣服弄脏了吗？"他最后一次穿的那件短袖就放在我衣柜的一个包里，我至今还没有打开过那个包。不知道短袖上是否还残留着你的牡蛎的味道，或者是否还残留着你看到盛着牡蛎的盘子端到面前时，他发出的独特笑声的回声？通常他还会再加上几句一再重复的话："这样真的会让你的帆扬不起来，哈——哈！"或者"除了这一点，林肯夫人你怎么看这场戏，哈——哈。"同时，他还会翻一下眼睛。但是那天，他却没能做出翻眼这个动作。

父亲对你的牡蛎充满敬意，但他没有刻意表现出来，只是我和哥哥看见他每一口都细细品味，有种莫名的仪式感。我们非常兴奋地看着他，为你提供给他的享受经历充满尊重。这是一次独一无二的经历，以前没有体验过，以后也再没有机会了。

你将布满瘀伤的手放进海水，为父亲提供了这最后一餐。现在我想告诉你的是：你不再是字面意义上的工具。装着你从海底挖出来的壳的碗现在放在另一个房间的书柜里，我把它们当作法贝热彩蛋收藏着。我走近观赏它们，思索一番，清点数量。

以前，你从没有被宣传过，但现在，你最重要。亲爱的牡蛎采集者，你就像改变生活的婴儿，虽然出场晚了，但反而加固了幸运儿的地位。你象征了所有那些我们没有想过却一直在为别人的幸福安康努力的人，比如父亲。这才是最高尚的人，你不觉得吗？

此外，在了解你的过程中，我知道了很多残酷的事情。我知道了牡蛎可以过滤海水因而改善海水质量，为保护环境做出了贡献；它们为一种我不知道的鱼类提供住所；它们食用浮游植物改善了氮污染。我想它们也帮助改善了周围水体的质量，也许是这样，我不是很清楚它们是怎么做到的。不管怎么说，我确定它们可以改善水质，而且四只牡蛎就可以为你提供一天所需的铜元素、碘元素和其他一些我忘记名称的元素。它们富含维生素B_{12}，是控制情绪和维持记忆的重要元素。当你知道中年牡蛎可以、也确实会转换性别，你会不会觉得它们体内的催情的成分也很可爱？牡蛎有易装癖！你怎么会不喜欢它们呢？阿佛洛狄忒[1]以其爱神之荣光，完全有可能诞生于牡蛎。你能想象她金灿灿地从牡蛎中诞生的情景吗？或诞生于某些水藻？牡蛎如此关键，如此敏捷，因而有一场要求保护牡蛎继续留存在世间的全面运动。由牡蛎热爱者组成的中坚成员小组会主持一些循环利用项目，所以牡蛎从不会完全死掉。他们会在旧壳中放入新生命，再放入大海。这是为地球母亲做贡献，并为发胶和石油泄漏道歉的一种简单的方式。你只需把它们放到指定地点，就会有人来照顾它们。想到你之前，还有一件事我从未想过：这些壳都去哪里了？我只是吃了牡蛎，吃完就不管了。如果壳被挑拣出来，再度轮回，那些从每个家庭里倒出来的垃圾堆可能就不一样了。

我知道你没有时间循环使用壳，但是，我们可以帮你。我一直盯着碗里的壳看，我会把它送回海里，为了我也为了你。现在我知道，你的工作有多重要了，而且记住的事情我不会再忘了。这是我能做的微不足道的事情。

牡蛎采集者，现在我要告诉你，他吃了你的牡蛎的那

---

① 古希腊神话中的爱与美之女神，是奥林匹斯十二主神之一，在罗马神话中被称为维纳斯。

晚，一言不发。大家都去睡觉了，而我留了下来，我坐在他身边握着他的手。他最后对我说的话是："握紧我的手。"

我紧紧握着他的手，直到他呼出最后一口气去了另一个地方，那里没有恐惧，没有孤独，在那里，他会继续做你和我都不知道的事情。

我从医生那里得知他只剩几个月，甚至也许只剩几周的生命了，我给他打了电话。我尽量让我们都忘记这件事，我知道他很害怕，所以试着和他分析了一下，我也不知道说了什么。现在想来，当时说的话太空洞了。我们一直说，没有人可以无所不知，他完全有理由对谜团和奇迹保持开放的心态，等等之类。

我一直在说："我们也不知道会发生什么。"

他说："是的，你说得对。"

然后，作为父亲眼中的佼佼者，他问我："你在做什么？"好像这很重要。

我说："呃，好的，我现在在一家很棒的书店里。你会喜欢的。"

他充满向往地叹了一口气，说："哦天啊，告诉我有什么有趣的书？"

我说："是的，有很多，我从这儿给你寄本书怎么样？"

他说：“哦，太好了，那太好了，谢谢你，亲爱的。说说你现在在写什么？你现在工作忙什么？”

我说：“哦爸爸，只是一些小事，我不知道。”

他说：“好的，但是听我的，写点东西，坚持写作，写什么都好。”

致谢

首先，我要感谢斯科特·亨德森。他一直给予我鼓励，并为我找到了支持者艾瑞克·西蒙诺夫。没有艾瑞克的启发和支持，这本书很可能就不复存在了。非常感谢斯克里布纳尔出版社的科林·哈里森，感谢他提供的宝贵意见，使本书条理更为明晰。南恩·格雷厄姆的鼓励和帮助于我是莫大的荣幸。感谢以下所有人的关心和支持：黛布拉·克莱特、赖瑞莎·拉斯金、尼科尔·博德特、托马斯·基思、伊塔马尔·库伯维、克劳迪娅·巴拉德、凯文·汤姆森、杰克·霍尼格以及来自爱沙尼亚的那头驴子。感谢皮特·赫奇斯对此书及其他各方面的帮助。感谢远无法表达出我心中的感激之情，我在此深深鞠躬，感谢你们的信任和支持：克雷格·卢卡斯、麦克·尼古拉斯、马克·斯特兰德、伊莱·阿蒂、伊丽莎白·库斯瑞尔、玛丽·卡尔、大卫·格兰杰以及《时尚先生》杂志社的每一位工作人员，尤其是瑞恩·达戈斯蒂诺。感谢克里斯汀·帕克、尼科尔·吉林厄姆以及我的兄弟姐妹杰伊、塞奇和布鲁斯情感上的支持。对兄弟姐妹的感激之情无以言表，我就不在此一一赘述了。洋洋洒洒的“鼓励”和“感激”仿佛使这篇致谢显得感性可笑，但我心中的感激之情就像我那印在手腕上的图腾，“为了真实的生活”，并且无穷无尽。

图书在版编目（CIP）数据

亲爱的你 /（美）玛丽 – 露易丝 · 帕克著；陆茉妍译 .
— 成都：四川文艺出版社，2018.1
ISBN 978-7-5411-4843-9

Ⅰ . ①亲… Ⅱ . ①玛… ②陆… Ⅲ . ①随笔—作品集
—美国—现代 Ⅳ . ① I712.65

中国版本图书馆 CIP 数据核字（2018）第 002472 号

著作权合同登记号　图进字：21-2017-603

QIN AI DE NI

亲爱的你

［美］玛丽 – 露易丝 · 帕克著 陆茉妍译

策划出品　磨铁图书
责任编辑　邓　敏　周　轶
责任校对　汪　平
特约监制　魏　玲　冯　倩
产品经理　聂　文
特约编辑　李　盈
封面设计　付诗意

出版发行　四川文艺出版社（成都市槐树街 2 号）
网　　址　www.scwys.com
电　　话　028-86259287（发行部）　028-86259303（编辑部）
传　　真　028-86259306

邮购地址　成都市槐树街 2 号四川文艺出版社邮购部　610031
印　　刷　三河市冀华印务有限公司
成品尺寸　126mm × 185mm　1/32
印　　张　7.25　　字　　数　120 千
版　　次　2018 年 3 月第一版　　印　　次　2018 年 3 月第一次印刷
书　　号　ISBN 978-7-5411-4843-9
定　　价　39.80 元